未竟的告白

花大钱 著

四川文艺出版社

»» 后来想想或许也不是爱你，不过是享受这种受制的感觉，好像在泥沙俱下的生活中突然找到一种可以仰赖的秩序。

»»

»» 世人常说“虽然彼此相爱，却不能够在一起”，但我却觉得应该这么说“虽然不能一起生活，却还能够彼此相爱”。总有一种爱是宗教式的，更广义的。尽管两个人分开了，但爱还在那里，它变成了你点餐时的取向，购物时的习惯，变成了你思考的方式，发呆的神态。爱依然完好如初，它投射成了你对世间万物的凝视，成了你用以度过余生的姿态。

我最喜欢的约会方式——走路，
和你一起走长长长长长长的路。

»» K啊，如果说，
往前延伸的道路是信使的话，
那此刻我就不是写信的人，
而是筑路的人。

序言：

致亲爱的K，
我用古典的方式爱过你

我一直很期待“写给K的信”系列出版的那天，但当这天真正到来的时候，我却忽然失语，不知道要讲些什么。

请原谅我擅自用美国女诗人艾米莉·狄金森的一句话作为标题，“我用古典的方式爱过你”，谢谢这句话帮我梳理了脑子中想要表达的东西：何为“爱”？谁是“你”？又为何要用“古典的方式”？

在这本书之前，我习惯写小说。虚构类的叙述看似高明，但因为作者一直躲在暗处，看不到自己，容易显得谄媚，显得轻而易举。直到两年前的某天，我在机场转机。深夜空港，信号衰微，发不出消息，我突发奇想，试着用这样一种古老无比的方式和遥远的人对话。

就是这样，有了写给K的第一封信——《再启程，别来惊慌》。

在这之前，我从未认真写过一封真正的信。
在这之前，我从来不知道，原来我还可以这样表达自己。

写信，就像某种古老的仪式，一旦写下了抬头和冒号，就会使人忍不住放弃抵抗，放弃造作，想要尽全力变得诚恳一点。而诚恳，又是一种多么古典的情感，它被人类抛弃已久，如同古老的书信一般。

在飞机升空的那一瞬间，我决定捡拾起自己的诚恳，把这些无人倾听的蠢话继续说下去。

于是就有了后面很多很多封信，也就有了这本书。

后来很多人问我，K是谁？我从未正面回答过这个问题，因为这个问题不重要，很不重要。它几乎是所有问题里最不重要的那一个。

但在这里，我第一次，也是最后一次尝试着给出答案：K不是某个人，但又是每个人。于我而言，K是很多很多人的碎片，是我与他人的生命轨迹产生交互的瞬间。是父母，是朋友，是爱人，更多时候，也是我自己。

我刻意将称谓模糊掉，选用24个字母里被使用最多的那一个作为指代。因为我不想去歌颂某个具体的人，某种确定的身份，某段稳定的关系。值得歌颂的永远不是这些，而是我们与他人相处时那些无可替代的瞬间。

请相信我，人和人之间，并不是因为“他是父母”，所以才要去敬重的；并不是因为“他是朋友”，所以才要去珍惜的；更不是因为“他是爱人”，所以才要去爱的。有些人，可能并没有身份和关系的确认，可这完全不妨碍他们的珍贵。

如果，你们在看这些信件的时候，也想到了谁，想到了彼此真诚相处过的一瞬间。如果真的有这样的人，真的有这样的瞬间，我们就把它们都称为“K”吧。

从2017年到2019年，这本书断断续续写了两年。整整两年时间，我的生活看似平稳，却在不动声色之间发生了巨大的变化。从伦敦毕业回国，从一个旋涡跳到了另一个更大的旋涡。以前我也常说自己痛苦，但可笑的是，年轻时候的痛苦真的太美丽，太过具有表演性了。而这两年，我却是无比清晰地感觉到自己在被一些更具体，更真实的东西困扰着。

两年时间，写小说，也写垃圾广告，渴望甜美爱情，也深陷破败关系，大多数时候，和你们每个人一样，时刻纠结，时刻迷茫，时刻不知如何自处，在泥沙俱下的生活中翻不过身来。

比较幸运的是，我在空闲时候见缝插针地写了这些信件，可以说是无心插柳了。这些零碎的、无序的、拎不出一条中心线的信件，从一定程度上收容了我混乱不堪的生活，也接住了我最最柔软的那部分。

说出来可能很多人不信，现实生活中的我其实没有像我写的文字这么（说好听点叫“细腻”，说难听点叫“矫情”）。我总是习惯性表现出一定程度的僵硬、冷漠和拒绝，我也很怕我的朋友们会真的去看我写的东西，幸好他们都不会，幸好大家都会心照不宣地把彼此的赠书束之高阁。

以前我一直以为自己怕的是写不好，露了怯。后来才发觉，我真正怕的是自己的矫情不合时宜，显得尴尬。后来才发觉，现实中佯装冷酷的我，其实是躲闪的，是懦弱的，而这里的我，虽然柔软，却恰恰是真实的，是勇敢的。

我相信，会翻开这本书的你，大概也是一样的敏感，一样的细腻，带着一样不被理解甚至会受到嘲讽的深情。但请绝对不要放弃，不要放弃你身上最最珍贵的东西。

因为，不放弃深情就是不放弃爱，不放弃靠近真善美的勇气。

花大钱

2019年8月

目　录 >>>

目 录 >>>

目 录 >>>

第一封信

只要太阳存在，
/// 就已经是全部的人生了

亲爱的K:

我在凌晨三点的莫斯科机场跟你写信。

此时此刻，我左手边的大叔在读一本黑色装帧的俄文书，第39页。对面的年轻母亲抱着熟睡的孩子闭目小憩，中途换了三四次坐姿，想必她的睡意也正在和窗外巨大的飞机轰鸣声拉锯。

我脑子里突然有了一个奇怪的念头，觉得这里很像是医院的候诊室，一样的光洁明亮，一样装满了左支右绌的疲惫人类，甚至连24小时持续播报的机械人声都如出一辙。

K，你会不会也和我一样，对机场有着一些说不出来的感情。

今天的机场，有153个航班从这里启程，206个航班在这里降落，10763个人在这里驻留，其中有297对情侣。

机场是无数条射线的端点，从这个点开始，道成了人世间的千万段旅程。你看，电子屏上闪烁的航班讯息就是一句句通往异时空的咒语。只要舌尖抵住上颚，轻轻地念一声，便能一下从春天走到夏天，把潮汐变成沙漠。

但，真的是这样吗？

我记得曾告诉过你，有个单词叫作onism，我第一次看到这个单词，刚好是在尼斯的机场。那是一个很小很小的机场，小到买不到一杯脱因的咖啡。

onism，一身之憾。“因为被困在一个躯体，无法同时分身多处的失落。就像机场电子屏上的每个陌生地名都是你无缘游历的地方，因为：此时此刻，你在此处。”

那一瞬间，我被顷然降临的巨大失落感击中。像是一种生理性战栗，里面有无尽的悲哀，生而为人的局限感。我们像是永远在缺席，也永远无能为力。

K，你知道吗，在我小的时候，总觉得自己会飞，躺在床上经常会梦见自己漂浮在半空中。长大之后，虽然不做这样的梦了，但当我把手伸进干手器里时，我还是能感到我的手变成了翅膀，一双能捕捉到风的翅膀。

我曾在皇家艺术学院看到过一个叫塔特林的装置, 那是构成主义先驱塔特林做的飞行器。它巨大而破碎，挂在展厅的穹顶上，犹如一轮月亮，关照着往来的游客。

我一度以为自己找到了翅膀。

但此时此刻，我分明觉得自己基因里飞升的力量犹如献祭般被摁灭在这个困顿的午夜机场。

K，我太虚弱了，你懂我的这种虚弱，那是身为人类的虚弱，是身为人类的疲惫。

记得第一次去英国的时候，在卡塔尔转机。

下飞机的时候约莫是早上五六点，但机场的光景根本不像是清晨，更像是傍晚。夜幕降至，微弱光线下，万事昏聩。

很多滞留机场的游客以一种非常扭曲的姿势，或挂或团在狭促的座位上，他们像是不小心掉进时间夹缝的避难者，向这个陌生的机场讨要着一点点可怜的睡眠。

有首歌我不知道你有没有听过，叫《日光机场》，“天一亮的机场，含着冰的眼眶，日光太温暖，一碰融化泪两行。”它分明唱的是爱情，但不知道为什么，在那个时刻，我却觉得非常应景。

K，我想我在陌生人的身上撞见了自己的狼狈。虽然我是并不愿意承认的。

我不知道，你有没有过在半夜独自醒来的经历，如果没有的话，那夏日黄昏，午睡乍醒的感觉总归了解吧。那种醒来之后的浑身脱力感，恍如隔世的错乱感，还有无力降燥的恹恹情绪，都是因为对当下所处时间、空间的感知能力失调。你分不清自己身处的境况。真实的生活让你产生了不真实的疏离感。

这也是机场给我的感受，时空并置下的浮生羁旅感。

有很长一段时间里，我是带着这股挥之不去的浮生羁旅感在行走的。

在伦敦的时候，我时常想哭。浮生羁旅感，或者说直白点，异乡感，它犹如一头怪兽日日在身后追逐着我。在午夜，在一个人回家的地铁，在看不到阳光的冬天，在突然亮灯的电影院，它都会跑出来大吠几声。

你知道的，伦敦是很冷淡的。一个文明社会的另一面必定是冷淡。越得体，越冷淡。这没有什么好苛责的，既然享受了距离带来的舒适与便利，就要做好永远被这段距离隔绝在外的准备。

我们没有什么好责怪的。

只是有些人会说，那就停止飞来飞去的生活吧，回故乡。

可人真的有故乡吗？K。

我觉得人类是没有故乡的，就像有人说过“故乡，不过是祖先流浪的最后一站”。

我们是这颗星球的孤儿，不停飞来飞去也不过是为了暂时消解飞翔—这份祖先遗留在我们血液深处的禀赋。

只是，你不知道，以前我一直以为你是我的故乡，就像小时候我一直以为自己会飞一样。

我现在时常一个人了。从你离开我之后，我就是一个人了。

你一定会好奇，我为什么会突然想到给你写信。是因为在浦东机场登机的时候，我走过了那个送机口。你知道的，我说的是哪个。那是我第一次给你送机，也是唯一一次。

我走过那里。多神奇啊，那分明是好几年前的事情了，但我仿佛还能看到你现在那个入口回头看我的样子，看到你在工作人员的催促下慌慌张张从包里翻护照的样子。好好笑哦，你的样子好好笑哦。但不知道为什么我却很想哭。

我以为我忘记了的，原来我没有。

我一路哭，从安检哭到了登机口，哭过了欧亚大陆，哭过了西伯利亚平原，哭过了整片里海。

起飞前，身边的大叔以为我是恐惧飞行才会一直哭个不停。“小姑娘，别哭了，马上就飞了，飞了就好了。”

飞了就好了。只要离开了就好了。

是啊，很多人都会这么说。

和吵吵嚷嚷的机场不同，飞机好像又是一个截然不同的意象。“投奔于遥遥他方，愿遗忘某寄望。”

K, 会有人对着天空中的飞机许愿吗？就像对着流星一样。

我想应该有的吧。很多人说，当我们栖身在几万米高空的云朵上，隔绝了所有联系。我们就成功地把最大的恐慌—我们自己的生活，留在了地面。

这是一句很长的话，但它少了一个结局。

然后呢？然后我们到达目的地，飞机像是吐出垃圾一样把我们卸载在一个个机场，于是，我们又回到了人间。

“你去那么远的地方，只是为了摆脱怀旧的负担。”

“你带了满船的悔恨回来。”

K, 我们的生活，真的能在一程程的航班中暂时遁形吗，真的能在一个个机场中找到附依吗？

我想是不能的，我们没有这么幸运，我们的飞机并不会就这么爆炸在半空。

K，这就是我为什么时常会觉得活着辛苦。

我清楚地明白我们的人生无计可救，就像我无比了解你是不会回来了。命运罔顾我们，人和人却还要相互辜负。我们在人世间行走，每个人都背着无处可卸的沉重行李。重重的行李箱里，是没流出来的眼泪，是对视时的无言，是早就忘记的人，是丢掉又找回来的梦，是听不见声音的大笑，是三句争吵和四首情歌。

但我不是为了告诉你这种绝望，我写信给你，K，并不是为了告诉你这种绝望。

我一直觉得你是一个很好的人，你给的爱光洁又宽广，哪怕只有百分之零点零一，也足够我原谅日后生活中的种种难过了。

但我不会把你给过的爱视为人生的希望。

人们总爱将活着的希望寄予别处，飞行，或是其他。短暂地忘记吧，短暂地抛弃，短暂地扔在机场。

但其实，更好的事情是，要确凿地明白这种绝望，然后清醒地怀抱着巨大的相信。这就是现在的我，对这个世界的所有深情。

就像太阳。K，此时此刻，莫斯科机场外的天空，已经有太阳升起来了，太阳，毛茸茸的金黄色太阳，带着无比的光芒，又升起来了。

我没有任何靠近太阳的欲望，但是，K啊，“只要太阳存在，就已经是全部的人生了”。

第二封信

你可以爱，
但不可以执着，因为分离是必然

亲爱的K：

这是我写给你的第二封信，也是我在伦敦写的最后一封信。

我想跟你谈谈离别。

前几天跟朋友吃完一顿很愉快的饭，回家途中特意没有坐公交，一个人穿过公园慢慢走回去。一路上经过了网球场、教堂，还有并肩站成一排的低矮小屋。天气真好啊，是可以把脚踝明晃晃露出来的天气，是风吹在身上痒酥酥的天气。我想，我走那天大概也是这样的好天气吧。

说来好笑，我一直以为自己有好多好多的行李要带走，一会儿担心箱子塞不下，一会儿担心行李会超重。但当真正整理完的时候，才发现，原来才这么点啊，居然才这么一点点，我在这里度过的几百个日日夜夜加起来原来一个箱子就可以拎走。

倒是看到那堆乱七八糟东西的时候，什么火车票，登机牌，演出展览的门票啦，才断断续续想起了一些生活的碎片，但也只是些破碎的光、影、叹息，我觉得自己的脑子像是个满屏雪花的电视机，用力拍打也只能发出呲呲呲的声响，却映不出一段完整的动画。

你看，人的忘性有多大，才刚过去的生活就立马与自己无关啦。

我不知道你还记不记得我们一起看过的张国荣告别演唱会，哥哥眉眼弯弯地站在台上问：“是不是所有宠我的人都来了呀？”唱着唱着又忍不住哭腔，“你们会不会很快忘了我。”

真的好想哭哦，我也很害怕自己会这样被别人忘记，被这个地方忘记。

近年来，真是觉得自己越来越没用了，越长大越没用。每次搬家，毕业，换城市生活，心里都难受得不得了。

比如现在，我坐在床上，边给你写信边环顾这个房间。这个小小的房间，有大拱窗和弧度优美的阳台，夏天一到，我常常光着脚跑到阳台上，脚下是木制的地板。窗外的树总是很有默契地要比阳台低一点，天色有时候是婴儿屁屁青，有时候比蔓越莓汁还要亮一点，还有时候竟然会变成羞涩的粉红色，全凭天空的心情。再往左边望望，就是河啦，落日的时候，在河堤边跑步的人全都是和晚风一样的姿态。

简直不敢相信，我居然很快就要离开这个小房间了，而且在我之后漫长的人生里，都不会再有机会像现在这样坐在这个小房间里了。

不行，不能再想了，再想又要忍不住哭了。还是先省下气力求求那些不小心经过的风，求求家门口那盏路灯的光，再帮我看一眼这里啦。

我总是很打趣地说自己是游牧民族。每次总是很酷地把根掰断，不疼不疼，虎虎生风地出发。我总在说自己不需要同行者。

但你知道的，我其实是个特别贪心的人，我不希望离开任何人，也不希望任何人离开我。总是留恋人，留恋物，留恋很多明知留不住的东西。

之前看到史航说过这么一个理论。

除了民族学认定的那些民族以外，其实还有另外一族，叫“惜别族”。惜别族的人呢，跟别人的关系是一种黏合剂的关系，互相黏着，如果撕开，就是皮，就是肉，就是有伤疤，有伤痕。

我想自己大概也是惜别族的族人吧。

人怎么会越长大越没用呢？不是应该越变越坚强吗？想来自己小时候也不是这样的。

不过仔细想想倒也是，小的时候，哪里懂得什么叫离别，那个时候的自己大概还没长出心肝吧，再往回倒退几年的我大抵也是不懂的。只知道一个劲儿闷头向前跑，只想要离开，离开，赶紧离开，揣着对远方的热望，头都不知道回一下。

若我年纪小一点，就不会舍不得；若我年纪再大一点，或许也已经学会了舍得。

只有现在的我，站在湍急的河流中间，不知道该怎么泅渡。

如果你现在在我面前，铁定又会说我孩子气，扯出一堆大道理来，什么“分离是人生常态啊”，“天下没有不散的筵席，你要学会告别呀”。

但是真的好辛苦啊，那些大人是真的一点不会难过吗，还是假装不难过呢，但不管是哪一种，听上去都是很辛苦的事情。

还是很羡慕那些告别的时候爽快又利落的人，拍拍屁股说走就走。也羡慕那些钝感的人，想起我的一个朋友，就是这样的人。想起几年前我们在小弄堂的餐厅门口告别，她笑着跟我说："别搞得好像再也见不到了一样。"可后来，事实却也真的变成了这样。

有人说："你可以爱，但是不可以执着，因为分离是必然的。"但我总是对人和人的关系过于执着，对人和其他事物的关系也过分执着。

你大可以怪我，但我还是觉得应该怪这世界太大了，人们才会说见不到就真的见不到了，怪出行太过方便了，人们才能说走就真的走了。

我时常在想，如果没有火车，没有飞机多好啊，我们的一辈子就待在一个小小的地方，认识一些少少的人。就算有时候突然想要远走，也只能吭哧吭哧翻过一个山头，再远就走不动啦。

K，我们总有一天也要告别的，我该不该跟你说"再见"呢？

说来好笑，我是那种在下车的时候，都会小心翼翼跟Uber司机说"拜拜"，而不是"再见"的人。我从来不会轻易对别人说"再见”这两个字的，因为“再见”里面还包含着能够再度相逢的意思。

就像上次搬家的时候，我拖着行李箱走到小区门口，碰到了那个总是蹲在楼下抽烟晒太阳，总是逮住机会就要跟我聊聊天，总是笑嘻嘻问我今天怎么又这么开心的老头，挥着手跟我告别：“再见啦，小姑娘。”

“嗯，拜拜。”我是这么回他的。

他看起来已经这么老了，我想，他是没有这么多的余生来跟我“再见”了。

不过不重要了，这些都不重要了。

我决定，我还是不要跟你告别了吧，因为告不告别也没有多大的差别。如果可以的话，我选择这里默默跟你许个愿，希望自己能快一点，再快一点，变成一个不问来路，只奔前程的大人。

第三封信

我最大的孤勇，是认清了生活的真相后依然爱它

亲爱的K：

这是写给你的第三封信，说话之前，先主动把双手摊到你面前给你打。是的，最近我又因为自己的愚蠢，和宇宙中其他一些不可抗力，把生活搞得一团糟。

具体情况我就不展开讲了，50%的原因是我觉得你大抵不愿意听我絮叨，剩下50%的原因是讲起来太烦了，我懒。

最近时常被几个问题困扰：这件事能不能顺利结束？自己花费

了这么多精力到底值不值得？之后的生活会稍微好转一点吗？

真的很讨厌，这种感觉实在是太讨厌了。更讨厌的是，我每天都忙着“讨厌”，甚至都匀不出时间来想你。先在这里跟你说声抱歉吧！

前几天跟朋友聊到生活的苦，好像我们每个人都不太开心呢，好像这个世界上并没有人真的开心。

其实在跟她聊天之前，我一直很羡慕她的生活，看起来似乎毫无压力，也无事可愁。有些人的人生啊，看起来就是比吹个泡泡糖，抛个羽毛球还要容易。

但没想到，她其实也面临着我想象不到的压力与烦恼。

生活的底色终归是苦的，只不过我们怀抱着各自不同的苦。你的苦是橄榄色的，我的苦是烟灰色的，他的则是棕褐色的。

我并不是说，这个世界上没有人的生活是藕荷色的。只不过，很有可能只是因为色差而已。说不定，别人看我的生活也觉得是藕荷色的呢。

K，你说，生活到底是什么？人为什么会越长大越觉得苦呢？

你看，我们时常会用一些明亮动听的形容词来装点生活，或是用大段大段的描述来构建它。但那些都是骗人的，文字和语气都是骗人的。

比如我现在大声对着你喊“我喜欢你”。

但其实，我一点都不喜欢你。

当然你再聪明一点的话，就会发现上面这句话也是骗人的。

我想，生活就是生活，是一块掷地有声的硬石头。它砸在我们每个人的脚背上，迅疾的疼痛，让你一时间都发不出任何能用于纾解疼痛的喊叫。

生活如果有长心的话，它的心应该是不好看的，像皱巴巴的猪大肠，或者像黑漆漆的牛油果皮，反正像一切我不喜欢的东西。但好像，除了你之外，这世界也没剩什么我喜欢的东西了。

你问我是从什么时候开始思考这些的？是从什么时候感觉到苦的？

大概是小学三年级没做出数学作业最后一道应用题的那个晚上吧。半夜起来上厕所的时候，还是揉着迷蒙的双眼，回到书桌前又重新开始解那道题，那个时候爸爸妈妈还在睡觉，只有小小的我，皱着眉头为第二天交不上作业而担心。

就是从那个时候开始的吧，就是在“知道自己该做什么了，知道违背自己的意愿去做一些事情了”之后，就是在“有了意识，有了强迫自己的意识”之后，便慢慢开始察觉到人生的苦了。

但这些都不是我今天想跟你说的，生活的苦我已经不想再跟你确认一次。我今天想跟你说的是，“天真”。

K，你觉得我是一个天真的人吗？

悄悄告诉你，那天跟朋友在天台喝酒聊天，她突然转身对我说：“你知道吗？你是一个很天真的人。”

“一个很天真的人”，我几乎没有被人这么形容过。但我很喜欢这个赞美，因为“天真”和“善良”一样，是一个遭受了太多误解的词语。

说实话，小学三年级那个时候，也有人夸过我“天真”，但这两者是完全不同的概念。

那时的“天真”是“蒙昧”，是还未开化的状态，人生尚为一片混沌局。而成年后的“天真”是一种“选择”，就是罗曼·罗兰说的，“在认识生活的真相后依然热爱它”，是一种英雄主义。

我承认，我的心里确实有一片海，并不是你所以为的寺山修司笔下不会完结的海，也不是我们在尼斯一起看过的浅蓝色、果冻般的海。是夜间的潮汐带，是幽暗的海，是时常蛰伏时常又会因为外界的引力而风浪大作的海。

那片海，你可以说它是我内心深处的悲观，但我更愿意称它为“清醒”。

我始终觉得，我们无论如何必须得承认的一件事是，生活之路是越走越窄的。

如果有人不承认，那就说明他是个不诚实的人，他在骗你。或者说他是个软弱的人，他在骗自己。

这样的人我是不喜欢的，我想成为的是那种心里透透亮的，确凿地明白生活的绝望，却仍然孤勇地对生活报以热情的人。

虽然生活一点不美好，也没有人真的开心。虽然大家都过得很丧，每个人都会有无数个夜晚想哭。但正是因为这样，正是因为体验过这些挣扎和绝望，依然选择天真，依然选择温柔的人才显得格外可贵。

就像现在，我虽然很难过，但还是选择用这么俏皮的语气跟你说话。因为我选择只把那些好的东西紧紧攥住，然后摊在掌心给你看。

K，我知道这都是很难的。

但没关系，K，我们一起慢慢努力好吗？

第四封信

我想你的
1001种感觉

亲爱的K：

从伦敦到北京，这是写给你的第四封信。之前听过一句很俏皮的话，叫作："再忙也要抽空想想我呀！"那时觉得说得可真是好，但现在不一样了，现在我要否定它，推翻它，因为我已经揣摩到了另外一重心境。

K，前几天北京下了暴雨，嗯，怎么跟你形容它有多大呢？大概是哗啦哗啦，砸在落雨棚上是砰砰叭叭，要是有风吹过接满雨水的大树，那就是簌啦簌啦。

我被这场哗啦哗啦砰砰叭叭簌啦簌啦的大雨困在了地铁站，准确说，是被人群困住了。我之前有没有告诉过你我很热爱台风这件事？

说来奇怪，像这样的集体困境，像这样风卷扬尘的末日气息总能让我感到兴奋，我喜欢看人群失措，喜欢看人群像蚁群一般被自然驱使着互相抵膝。

或许，只有困境才能让我们变得亲密。

K，我想你大概是没有经历过这样的地铁站，没有经历过这样的大雨，那是很有剧情感的场景，我会突然觉得自己并不是活在“生活”里，而是活在一部日本电影里。

而下一秒，如果你能突然出现在我的面前，大概是我能想到最好的剧情。

K，最近的我时常都会想起你。原本以为，最近的生活这么这么忙，时间的海绵大概已经挤不出一点水分用来想你。

但当我准备过马路的时候，探头往左右两边看来往的车辆，就会想起你。

当我在商场，在地铁站，坐上升或下降的自动手扶梯，盯着脚下匀速起伏的台阶，或是前面路人空洞的后脑勺，也会想起你。

当我用微波炉热东西，倚着厨房冰凉的大理石台板，等待那个“叮”声响起的间隙，还是会想起你。

甚至当我站在浴室洗澡，用手慢慢移动调节水温的把手，等待一个合适的、亲肤的温度时，心里想的还是你。

这种感觉就像袜子穿反了一只，内衣的带子没有捋平整，上衣的衬衫掉了一颗纽扣，虽然并不影响日常生活平顺地前行，但是呢，总会有些细碎的难受，细碎的不舒服，时不时出来提醒你一下，它们的存在。

想你的时刻也是这样降临到我身上的，它们每降临一次，我就觉得自己又被蒸发了一点，然后，身体里对你的感情也随之又浓稠了一些。

K，你说它们会不会有一天浓稠到结成晶体，结成那种剔透纯净，不掺杂质的晶体，如果会的话，我就把这块爱的化石送给你。

K，从伦敦到北京，我发现我的生活变了，全都变了，只有一件事除外，那就是想你。所以我又有理由相信，生活的本质其实是没有任何变化的。因为决定生活本质的是时间性，而非空间性。

就像我不管生活在哪里，每一个时刻，我还是在做同一件事，那就是想你。

你就是这样填满我生活的每个缝隙的，因为你，好像我的生活才真的变成了一个密闭无隙的圆环，好像才真的拥有了完整一些的生命。

我记得我曾跟你说过语言是具有欺骗性的，但当我跟你说完上面这些话，我才发现语气才具有欺骗性，而语言本身是虚弱的，是干瘪的，是傻乎乎的。它们根本支撑不起万分之一的“我想你”。

颜色也许会比语言更有力吧，不然人们为什么要用黄色、橙色、红色来预警天气呢？

可惜这些颜色都不适合用来描绘想你的感觉，它们过分密集，过分厚重，过分具有攻击性。“想你”应该是一种干净亮堂的颜色，今天是烟粉，明天是杏仁白，是像这样的颜色。

K 啊，其实这么想你也不是我的本意，我也怕想得太多，到了夜里，我的灵魂就会忍不住变成什么小精灵进到你的梦中叨扰你。

所以，我要克制想你。就像我开始写一些篇幅较长的小说，在动笔写之前，我都告诉自己要克制描述，克制情绪渲染，克制把自己往悬崖下面推，克制用很多很多的比喻句。

因为克制是一种美德，是一种崇高的美德。

嗯，我决定做一个崇高的人了。嗯，我答应自己，只会想你想到开始早睡早起不吃夜宵的那一天。

第五封信

我想和你
回到人间

/ / /

亲爱的K：

你还记得那首《二月的伦敦》吗？

记得第一次听这首歌的那天，伦敦正在刮大风。我原本定了去威尼斯的行程，想乘着风歇离开，没料到开往机场的火车竟在半路被大风吹停，没办法，就这么生生误了飞机。

像这样的大风天，若是能迎着风吵一架，想来也是非常畅快淋漓的吧。就让那些锋利的、难听的、气呼呼的话顺着风势不知道落到哪里去。至于那些可爱的、可口的、说来和解的话，就让它们跟着风再荡回来吧。

但那天我们并没有吵架。所以也没有机会在大风中对骂，更没有机会在吵架后亲口说一些甜甜的好话，真是可惜了。后来，我们被困在家里，听了一天的歌，后来，音响里就响起了这首歌。

记得那天是2月24号，刚好是二月，刚好又在伦敦。突然响起的这首歌简直就是无端降临的神谕，我们开心极了，好像在无聊的日常里不小心撞见了某种幸运。

但这样的惊喜并没有持续多久，听完之后你突然转头对我说了一句："骗子，这根本就不是二月的伦敦嘛！"我们的伦敦明明是风沙走石，出不了门的伦敦，歌里的伦敦却听起来光滑干净，好像大街上都飘满了粉红色的泡泡，正一个接着一个"啪嗒啪嗒"碎掉。

当时你说话的语气真是可爱极了，或许你都已经忘了。不过也没关系，你会因为总是发现不了自己的可爱，会因为总是忘记自己的可爱，而变得更加可爱。

但是K啊，我说这么多，并不是想夸你可爱，也不是想夸这首歌好听。我只是想告诉你，其实我们生活在两个人间，一个是带着滤镜的人间，而另一个才是真实的人间。

我朋友圈的相册封面其实一直是几个字——“人间好玩吗？”当然，这并不是一个疑问句，而是个自问自答的设问句，因为我早就把答案写在下面了：“不好玩。”

在我看来，“不好玩”是这个问题毋庸置疑的，唯一的，标准答案。听上去很冷酷，很绝望吧？但我们可以在其中插入一些字呀，比如“太”，比如“怎么”，把它变成“不太好玩”，“不怎么好玩”。

插入的这几个字，就是我们对这个人间，所留存的情谊。

虽然我承认，真实的人间确实是很不好玩的，真实的人类也是非常没劲的。这种感觉在我回国之后变得愈发强烈，不是难过，而是惊愕，而是很多很多得不到回应的“为什么？”

为什么有人纵火，有人却熟视无睹？为什么有人相爱，有人却在一旁睁着偏颇的双眼？

欢迎回到真实的人间。难道这就是真实的人间？

其实很多时候，我也很想放弃这个真实的人间；我也想跟很多人一样，把自己的耳闭锁，让自己的眼垂落，就这么躲在那个有滤镜的人间里永远不出来。

我也会觉得，自己跟这个人间其实没有这么多东西要讲，这个人间也配不上我的一声叹息。我只需要把那些说不出口的，得不到回声的，郑重地写在一张纸上，郑重地寄予你，这样就已经可以了。

但是我发现，自己并不能够忘了一些眼睛，并不能够忘了一些声音。

还记得，有次我出门办银行卡，经过一个拐角的路口，看到有个中年男人正坐在路边哭。周遭路人行色匆匆，来往的汽车单车扭成一团，拥堵无比，他就这么坐在路边哭，脸上是我从未见过的悲戚表情。

我不知道该怎么和你形容，但是K啊，我从未在任何人的脸上见过这样的表情，真的太让人难过了。那并不是一个应该哭泣的场合，也并不是一个应该哭泣的年纪。看着他，我觉得自己的心像个被揪成一团的塑料袋，脑子中一直在想，他到底遭遇了什么，才会如此的悲伤。

我很想靠近他，去问问他，很想走过去，去做些什么。但我又犹豫了，因为所有的路人都在驶过他，都在变成一道迷糊的背景，如果只有我走过去，我这突兀的关心是不是会显得不合时宜?

我犹豫了，K，我变得怯弱，变得有所顾虑，变得很不像你。我在那里站了很久，很久很久，但最后也没有走过去。

直到现在，我还是会时不时想起那个男人的表情。

K，我告诉你这件事，并不是想在你面前责备我自己。因为我隐隐觉得，自己会变得更好的，或者说，我能感觉到自己正在变好。

我还会看，我还会感受。如果有一天我也和其他人一样，什么都不感受，什么都不察觉，那才是彻底的可悲了。

只不过，有些时候，我还是会感觉到有一点害怕，觉得前方是一条很孤独的路，既没有同行者，也没有人会在终点等我，犹疑的感觉抓住了我正往前迈的那只脚。

我需要同行者吗？如果没有同行者，我还要往前走吗？

K，你是不是也无法回答我的这些问题？

不过没关系，还是不问这些了吧。我们还是来喝酒吧，喝酒是解决问题的唯一途径。我们来听歌吧，听歌也是解决问题的唯一途径。

我们可以喝甜甜的加拿大冰酒，或者更甜的米酒。我们可以再听一遍《二月的伦敦》，或者听Ex libras（英国的一个乐队），这个我今天刚发现的很好玩的乐队，三个图书馆管理员在午休时间悄悄交换CD做音乐，听上去的感觉像是一些乱七八糟的耳语，黄昏和咖啡杯，是破碎又混乱的交响乐。

啊，K，是不是很好玩呢？K，写到这里，我觉得我还是愿意和你回到人间的。

只不过，如果没有你陪我的话，我就不再需要任何同行者了。

第六封信

而雨
都是兀自落下的

亲爱的K：

最近有很多话想跟你说，比如在一个人逛菜市场，挑选胖胖的西瓜哪个会更甜的时候，就想问问你最近吃得好吗？比如在早上出门忘记带伞又折返上楼拿伞的时候，就想问问你哪里的天气怎么样？比如在林荫树下骑单车的时候，就想迎着风大喊你的名字。

但可惜，这些时候你都不在，我就只好把这些话全都揣在口袋里，越揣越多，越装越重，想着有一天能蹦到你的面前，把那些话一句一句从口袋里掏出来，塞进你的手里。

其实呀，若是把这些话都一句句拆开来，似乎也并没有任何重大深远的意义，不过是一些轻飘飘的问候，其中最多的还是关于天气的问候。“伦敦今天下雨了吗？”

“最近降温你没有把柜子里的长袖拿出来穿呀？”“天气好的话不如去海德公园走走吧。”

但我热爱这些字句，就像徐志摩写给陆小曼的书信里说的：“与你直接谈天，多美。”

而我能想到的最美好的事情，就是能在余生的每一天里都和你漫不经心地谈论天气。

前几日和喜欢的朋友去吃日料，那天的北京分外炎热，有35度？或者38度？反正对我而言，天气预报的温度并不具有任何参考性，因为他们所播报的不过是“净温度”，但我们还要穿衣服呀，若用身体做温度计，大概还需要再加上个三五度吧，你是不是也觉得我说得很有道理?

这么热的天气，再喜欢的朋友叫我出门我都是不愿意的，毕竟他们都不是你。所以我们便约了傍晚，在太阳落山之后再见面。可到了傍晚，天气突然一下就昏闷了起来，空气里全是湿湿沉沉的气味，我就这么目睹了一场暴雨的来临，它比想象中更加沉默，更加缓慢。

我们站在日料店的二楼阳台上，看着云朵从四面八方赶来，相会在一起，然后抱成巨大而混沌的形状，如果你看得仔细一些，便会发现云和云之间都有着各自繁复又细密的纹路，它们如此不同又如此相似。

而雨，就是这样兀自落下的。雨珠奔涌，云朵依旧低垂在天际，沿着某条不可知的路径徐徐滚动。像这样的时刻，如果能和你站在一起的话，那该有多好啊。

伦敦是极少有这样的天气的，伦敦是极少能看到这样不管不顾的大雨的。伦敦的雨是怯怯的，趁人不注意的时候悄悄落下，然后织成密密的心事。

在伦敦的时候我很少打伞，你爱打伞吗？似乎只有十几岁的年轻人才有淋雨的权利，一个淋雨的成年，要么是过分矫情的，要么是过分落魄的，但我才不管这些，因为我会觉得，会不会我们淋的恰好是同一场雨？

K，那天的雨确实摇摇晃晃地下进了我的心里，而我想告诉你的，似乎就是这场雨，又似乎，要比这场雨还多一些。

其实那天还有一件特别神奇的事情，我记得是当我们还在吃冷菜的时候，应该是醋渍安康鱼肝。你看，在对待与“吃”有关的事情时，我的记忆力总是如此惊人。醋渍安康鱼肝还没吃完呢，灯就突然灭了，是大停电，整栋楼，整条街都陷入了一片黑暗中。

像是被突然按了暂停键一般，这个世界的运作一下就被喊停了，只有雨，只有窗外的雨还在不慌不忙地兀自下着。

灯灭了，空调停了，更可笑的是，因为餐厅的出口是需要用电的自动门，门开不了，自然大家也就被困在了这么一家停电的餐厅里无法出去。服务员们忙着点蜡烛，用菜单当扇子给客人扇风。

而我盘腿坐在日式的小榻上，借着微弱的烛光环视四周，看我对面朋友的影子投射在身后的木墙上，看窗外时缓时急的雨势，看那些依旧若无其事交头轻谈的客人。恍然之间，我觉得自己并不是被困在现实生活的小餐馆里，而是被困在了某个日本电影的场景中，还是小津安二郎或者是枝裕和导演的电影。

K啊，你也曾遭遇过这样兀自落下的雨吗？你也曾被这样的雨困在某个屋檐下吗？

如果没有的话，那就让我成为那场困住你的大雨吧。

第七封信

那些我们无法触碰的东西，都是因为靠得太近

亲爱的K：

最近频繁地给你写信，是因为我在心里默默给自己起了个誓：写完20封就去找你。这样一想，好像每写完一封信，离你的距离就近了几百公里。

几百公里有多远呢，K？突然想到一件很好笑的事情，上星期和朋友在大悦城吃饭，来接我回家的出租车师傅是这么告诉我他的方位的：大门往北走100米处。我和朋友好不容易靠着手机指南针找到了“北”，却完全不知道该如何用脚步丈量这“100”米。

真的很好笑吧，K，我想你此刻一定在笑，你是我见过最奇怪的人，笑起来的时候，鼻子会皱成一颗话梅核，我总说你这样很丑，但其实，我只不过是在嫉妒你每次都能笑得这么开心罢了。

但是K啊，此刻我却突然觉得有点失落了，因为我无法亲眼看你在我面前笑。

我想我大概知道几百公里甚至几千公里是多远的距离了，是你在笑我却看不到的距离，是比隔着一整个宇宙还要长的距离。

K，你说距离到底是一个怎样的存在？我想不仅是我，肯定还有很多人，都对距离并没有一个清晰具体的概念。这不仅是一种日常经验的丧失，更是一种记忆的缺席，越是熟悉的东西越容易无声消融于生活之中。

我突然想起之前听过一首电影配乐，其中有句念白是这样说的：All that we cannot touch, because they are too near.（那些我们无法触碰的东西，都是因为靠得太近。）

K，你知道吗，北京是一个让人感觉不到距离的城市，又或者，中国大多数的城市，都是让人感觉不到距离的。当然，我说的仅仅是物理上的距离。

在这样的情况下，你不能轻易叹息，若你叹息，那声音便会化成风，吹进每个人的耳朵里；当然你也不能哭泣，若你哭泣，那眼泪便会化成雨水，落到每个人的头顶。

大家彼此之间靠得太近，所有的情绪都不配拥有结局。于是，每个人都试着收起表情，成为一个庄重的大人。

我战战兢兢活在他们中间，这种感觉真是讨厌极了。

如果可以选择的话，如果可以选择我们之间的距离的话，我想和你成为窗外那两棵并肩站立的行道树。

有时是夏天，我们枝繁叶茂，想要把每一片树叶都生长到对方的心里。我们的树冠巨大而丰满，我听见有人称我们为两棵“合抱”的树，忍不住又把臂膀往你那边使劲伸了一伸。

有时是冬天，我们身上的树叶会全部掉光光，只剩下秃秃的，孑立的枝干，我们摸不到彼此，只是独自站立，独自接纳穿身而过的阳光和风雨，但心里却感到更加清晰，笃定。

我还记得你曾经告诉过我，你觉得，当自己很爱一个人的时候，会觉得自己是躺在水里，然后隔着那片水，静静看着水面上的他。

以前的我，并不太懂得这话的含义。

但后来，我读到洛夫写的一首诗，叫作《我在水中等你》，“紧抱桥墩，我在千寻之下等你。水来，我在水中等你。火来，我在灰烬中等你”。我想，你们说的大概是一种相似的心境。

以前的我，是不接受距离的，但现在，我开始感激距离。

并不是因为什么特别高深的道理，现在的我感激距离，只有一个原因，那就是它给了我一个可以名正言顺说想你的借口。

K你还记得吗，当我们还在一起的时候，我总会在马路上走着走着，就拉起你的手说想你。或是在上行的手扶梯上，我站在前面，你站在后面，我也会突然扭头说想你。还有当两个人躺在沙发上百无聊赖玩手机的时候，我也会用脚踹踹你，突然蹦出一句“想你”。但你总说：“我明明就在旁边，怎么还说想我。”

你不懂，想你这件事和你在不在身边其实并无关系。

还好现在，因为距离，我可以名正言顺说想你，我甚至还可以写长长的书信给你。

K啊，如果说，往前延伸的道路是信使的话，那此刻我就不是写信的人，而是筑路的人。

K啊，我想慢慢地，把这条路一直筑到你的心里。

第八封信

爱你的人，会在水面上一直看着你

亲爱的K：

在所有你对我说过的话里，我最喜欢这么一句："爱你的人，会在水面上一直看着你。"你告诉我，这是在你做梦的时候，你妈妈对你说的话。

K啊，其实这句话所描述的意境对我而言是模糊的，我并不能领受到它确切的含义。但我还是喜欢这句话，喜欢你对我说这些，因为我们是那种可以互相交换梦境的人呢，这就足以让人感到开心了。

对我而言，梦境是私有的，是隐秘的，是漆黑夜空中的雨水，是蛰伏在海底的海星，是通向未知的咒语。

小的时候我会经常做梦，甚至有段时间，还反反复复做过相似的梦。梦里没有剧情，也没有你，我能记得的只有密密麻麻的线条和梦醒之后心慌胸闷的窒息感。十几岁之前，这样的梦境总会时不时地降临，十几岁之后，这样的梦境就再也没有出现过了。

但我还是非常笃信，自己的前世大概是一条鱼，那些密密麻麻的线条是困住我的网，而十几岁之前经常造访我的梦境是我依稀留存的记忆。

以前看《水泥花园》的时候，看到过一段非常有趣的描述："我四岁的时候曾经以为我晚上做的梦都是我母亲为我造的。如果她早上问我梦见了什么，她有时候会说，那是为了听听我是不是讲了实话。"

小的时候，做梦是日常，但长大之后，做梦便不再是日常了，失眠才是。

K，最近我又开始反反复复地失眠了，经常在凌晨四五点钟的时候还不能入睡，我很焦躁，因为我害怕浪费时间。其实时间本身也并不可贵，我只是觉得，这样好的时间，若是用来失眠，还不如用来好好想想你。

但人是越焦躁越睡不着的，越努力越睡不着的。你看，大家都在吹嘘，都在放大努力的价值。但这世上，明明有那么多事情是就算再努力也根本无法达成的。告诉自己要入睡是这样，告诉自己不要再想你也是这样。

在我很小的时候其实就已经明白这个道理了，所以我决定躺平，决定在黑暗中再听一首歌，决定放弃。

有时候，放弃抵抗也是“完成”的一种。

睁眼躺在床上的时候，我就时常在想，大概每个失眠的人都会知道夜晚的味道，夜晚是咖啡味的，睁开的双眼若是尝了太多夜晚的味道，便会越变越透亮。最后，失眠者的目光汇聚在一起，投射到天上，便有了彻夜不灭的月亮。

我记得你也曾对我说过自己经常失眠。那么月亮的光辉里既有我的目光，也会有你的目光。这样一想，突然又有点感激失眠了呢。

好吧，K，突然跟你说这么多是因为我又失眠了，在凌晨四点十三分的北京，我坐在桌前给你写信，桌上的咖啡杯上还有我白天留下的口红渍。说来奇怪K，虽然你也失眠，但你却每天都能在八九点钟起床，然后跑步，游泳，吃饭。这多奇怪啊K，世界上怎么会有像你这样的人呢，只要能睡上三四个小时，就能获得源源不断的精神和力量。

我还有个朋友，是我在伦敦时候的室友，也是我很喜欢的人，可你们简直是两个截然不同的对立面。她嗜睡，有时候明明已经睡够了12个小时，可站在回家的地铁上，她居然靠着栏杆就又不知不觉地睡过去了呢。

有人说，像你们这样的人都是有病。但事实上，我曾在一本书上看到过，人的睡眠时间指数是个正态分布的曲线图，那些睡得过于少，或者过于多的人，只不过是站在曲线的两端而已。虽然和那些落在曲线峰值处的人不一样，但大家都是稳稳地落在一个安全的区间里呀。

你看，人类总喜欢把不同于自身的状态，或是不同于大多数同类的状态称为“病”。

K，你和那些人类都不一样，因为我愿意认认真真地注视你，试着去理解你不被世人所理解的每一面。因为我的注视，你变得不一样。

“爱你的人，会在水面上一直看着你。” 我想我大概明白这句话的意思了K。以后啊，不管睡不着的夜晚有多漆黑，我的目光，会永远像彻夜明亮的月亮那样，投射到你身上。

第九封信

温柔的人
都在看星空

亲爱的K：

有很多人都问过我同一个问题："如果能成为一种动物的话，你想成为什么？"

"水母。"再年轻一点的时候，我的答案是这样的。

水母多好啊，有云朵一样的轻盈形状，缓慢浮动于阳光无法到达的海域，不发光的时候是湿漉漉的梦的实体，发光的时候就变成了大海里的星星。更重要的是，不留痕迹地分解是水母死去的唯一途径。

小的时候，想成为水母，大概因为水母是冷的。水母是浪漫的，也是孤独的。

但现在如果让我选择，我已经有了截然不同的答案，现在的我只想成为那种特别温柔的动物，当一只加菲吧，有蓬松的皮毛，把肚子吃得圆滚滚的，每天蹲在桌子底下默默地观察人类，或者沉默又笃定地走到他们身边。

现在的我只想成为那种笨笨的，但却敦厚温柔，内心平静的动物。

K，我已经很少能碰到真正温柔的人了，所有的人都在追逐那些鲜艳又响亮的品质，人人都想成为狐狸或猎犬，都想变得精明或狡黠，但其实，温柔才是最最难的事情。

那天我在地铁上遇见一个男人，拖着一个不算太大的行李箱。在地铁刚到站的时候，他就急切又粗暴地劈开周遭的人群第一个冲到门边，简直跟那些在飞机尚未停稳之时，就等不及解开安全带，等不及起身，等不及开机的人一模一样。

他经过我的时候，行李箱撞到了我的脚，但他没有停下，反而蛮劲一使，行李箱便整个从我的脚背轧了过去。我忍不住低呼出声，听到声响的他倒是回了一下头，只不过，仅仅是低头看了眼自己的行李箱，发现箱子并无大碍，便立马转身又匆匆走远了。

还有另外一天，我在商场的洗手间，推开了一个未上锁的小隔间的门，不料里面居然有人，我立马把门关上又忙不迭地连说了好几声“不好意思”。但里面的女人却突然开始破口大骂：“没长眼睛吗？”那股子愠怒之气简直要冲破这虚掩的门直接射杀到我的身上，我不明白她为什么不锁门，更不明白她为什么要如此气愤，她的气愤明明无理可循，却又偏偏显得如此理直气壮，震耳欲聋。

K，他们都是不温柔的人。那些随着人群翻滚，只知道站在各自焦渴的旅途之上的人，都是不温柔的人。

那么，什么样的人算得上是真正的温柔？

说来好笑，最近我所遇到的最温柔的人，居然是一个房屋中介。记得那天晚上，他在小区门口的7-11等我，隔着一条窄窄的马路跟我挥手，手里还攥着两罐冰可乐。我把小黄车推上人行道，却发现上面乱糟糟地停满了车，已经没有任何空间。

我正发愁是不是要骑去一个更远的地方停车，转头发现他已经在那里吭哧吭哧地搬车，把那些停得横七竖八的车都码成整齐一排，便一下空出了好多的空间。“呐，这下好停多了吧。”

看完房出来已经是晚上九点多了，他骑着一辆小电驴，笑着表示可以顺路载我去地铁站。一路上，有微凉的夜风吹过，小电驴开得很慢，但却稳稳当当。“明天要下雨啊。”他突然没来由地说了这么一句。我问他为什么，“因为空气湿湿的，我闻得出来，这天明儿铁定要下雨。”

我的脑子中突然闪过伍迪·艾伦说过的一句话，“有些人只是被雨淋湿，而另一些人，则感受雨。”

K，我想，有感受力的人大概就是温柔的人吧。他们“感受”并且“在乎”。他们知道天色是怎么暗下来的，知道每一朵云最后都会消失，知道站在身边的那个人正在慢慢衰老。

K，你知道吗，在我心里你也是一个很温柔的人。你几乎没有愠怒的时候，甚至不忍心用锋利的语气刺伤任何一个陌生人，你总是告诉我要体谅要包容，所以我在地铁，在商场，在碰到那些不温柔的人的时候，选择了用我的温柔去包容他人的不温柔。

你也感受雨，能够在空气中辨别每场雨落下的方向；你也感受风，在你身边的人因此都变成了一片片可以被风轻轻托住的落叶；你知道在这个城市的哪个山头可以看到星空，你还是第一个告诉我“看星星的时候，不能戴着眼镜”的人。

因为你，我觉得每个温柔的人都是星星，他们敞亮又欢悦，通通透透，亮亮晶晶。他们“明亮得像一颗钉子，将我垂直地钉在那儿，就这样被命名，被点亮，在最晦暗的时刻”。

因为你，我也想成为这样温柔的人。

第十封信

如果我还有五百万次的人生

/ / /

亲爱的K：

不知道你有没有看过一部电影叫《一一》，一部很长很闷的电影，但我却非常喜欢。今天我坐在从北京回上海的高铁上，旅途闷困，列车带着低鸣驶过，窗外的景致便如同铅纸上素描的线条般，被一笔轻轻带过。列车上没有吵闹的熊孩子，都是带着疲弱神情的大人。

很奇怪诶，K，就是这样一节普普通通全无特别的车厢，就是这样一帧日常到不能再日常的场景，竟让我想到了杨德昌的电影。说来也不算奇怪吧，K，或许艺术就是真实生活的投射，而好的作品，则帮助两者完成了一种重叠。

我曾向我的一位朋友推荐过这部电影，他也曾认认真真试着点开过很多次，但每次都卡在前半部分就进行不下去。“太闷太闷了。”他是这样对我说的。确实，快三个小时的片子，毫无任何动荡起伏，讲的是一家人细碎的生活。冷色调的画面阴郁而沉重，湿漉漉的，淡淡的，絮絮叨叨的，都是俗世，皆是人生。

电影里有一幕是NJ在酒店的大堂偶遇了自己多年未见的初恋。电梯门开，两个毫无准备的人，就这样和自己的前尘往事打了个照面。这个场景很打动我，因为这是属于日常生活中神性降临的时刻。而生活本身是无常又无聊的，这一点根本毋庸置疑。

K，我不是那种很喜欢在社交网站上展示自己日常生活的人，这并不是说喜欢展示的人不好，只是我会更喜欢有选择性地输出。对于那些别人的目光根本丈量不了的生活，我选择自己默默过滤。

其实也有过很长一段写日记的经历，但最后还是没能坚持下去。不记录可以吗？但如果真的不记录的话，我总觉得过往的日子会像烈日下的水渍，一下就无形消逝了，一下就白白过去了。

不记录还是不行的。就像《一一》里的洋洋，他学着大人的样子去拍照，照片洗出来之后清一色全是别人的后脑勺，舅舅问他，你为什么要拍别人后脑勺呀，他说“你自己看不到，所以我拍给你看”。这是他记录下来的东西。

那么我呢？其实在不写日记之后，我就换了另一种方式记录。我发很多私密可见的朋友圈，写很多备忘录，标记很多照片。我试图用这种方式告诉自己不要遗忘，但等过了一段时间，再回头去看那些明明是自己当时亲手写下的字句，竟经常完全想不起来当时的心境。

有时候，“记录”并不是在抵抗遗忘，而是在顺从遗忘。记下了之后，便可以更加安心地忘记了。就像有个喜欢的女作家写过：“人最是无情，总觉得自己不会忘的，但等到突然想起来的时候，才发觉之前竟是忘了。”

这样想来，那些能够毫不记录地去生活的人，才是勇敢的。大多数人的生活还是需要刻度，需要坐标系，需要为那些已经逝去的、自己又抓不住的东西赋形。

而且，大多数人的生活还是无聊的，虽然看似荒诞无常，但事实上却极尽无聊，还无聊得如此雷同。你的生活毫无转机，刚好我的也是。此时你被卡在这里，那么，我也同样摆脱不了自己的困境。人生和人生之间真的并没有什么大的不同，我们都和列车上的其他人一样，都和电影中的NJ、洋洋、婷婷一样，因循着一条差不多的轨迹在生活。

记得有人说过，“命运只是在流淌，命运并没有偏见。”大概我们都是这样，在同一条命运的大河中泅渡。

K，在这里我想问你一个问题，这样的人生，如果可以的话，你还想重新再活一次吗？如果能够重新再活一次，你的生活会有什么不同吗？如果重新活五百万次呢？

你可以不用急着回答我这个问题，我可以先告诉你NJ的答案，还有我的答案。NJ是这样说的，“你不在的时候，我有个机会去过了一段年轻时候的日子。本来以为，我再活一次的话，也许会有什么不一样。结果还是差不多，没什么不同。只是突然觉得，再活一次的话，好像真的没那个必要，真的没那个必要。”

而我的答案也是否定的。

因为我知道，就算还有五百万次的人生，我依然会选择爱上同一个你。

第十一封信

迷恋是一种吞食

亲爱的K：

北京这几天的天气出奇般的好，阳光隐去，目及之处都是低明度，低饱和度的景致。这样的天气，就是那种光用视力就可以观测到温度的天气，眼睛凉凉的，有风吹过。

温度一降，我的食欲又回来了，准确地讲，是以秒速五英里的速度，气势汹汹大刀阔斧地回来了。不应该啊K，按照热胀冷缩的物理学定律，我的胃口应该恹恹地往里瑟缩，缩得更小一点，更可爱一点，毕竟在大多数人的眼里，胃口小的女孩子才显得比较可爱。

但这世界上的很多事情，光用物理学是解释不了的。就像那些明明相爱了很多年的情侣，并没有因为惯性而一直爱下去。就像牛顿明明告诉我们，质量越大，物体间的吸引力便越大，可我这么努力把自己吃胖，宇宙里的万有引力也没能把你吸到我的身边。

就像今天晚上，我本应该吃得更少一点的，但我却在一家江浙餐厅，独自吃完了一整盘的糖醋排骨，一整盘的熏鱼，末了，还吃了一碗酒酿赤豆元宵打底。

天啊，如果不是跟你掰着指头数，我根本不会意识到自己居然吃了这么多东西，K啊，你说我是不是还在发育呢？我是不是还在长高呢？毕竟我经常腿麻，都说腿麻的人是因为正在长个儿。

但如果你要是驳斥我："都二十好几的人了，根本不可能长个儿嘛。"我也勉强接受吧。那我再重新解释一下我为什么会腿麻好了，悄悄告诉你，因为我是刚上岸的美人鱼呀，才刚刚割掉尾巴，才刚刚长出人类的脚，当然会腿麻啦。

"麻啦"，刚才在我打出这两个字的时候，我的脑子中又立刻想到了"麻辣"。诶，我大概就是这么没用的人吧。

但是K啊，你根本想象不到那盘糖醋排骨有多好吃，那是微带油肉的猪肋排，骨头旁边的肉质又精又香，用牙齿细细剔干净那圈肉，再用力嘬一口骨髓，会有更微妙的肉香从细密的小孔中钻出来诱惑你。

最精妙的部分还不是这些，最精妙的是盘子里的汤汁，黏稠的汤汁一旦送入口里，又酸又甜的滋味便立即在舌尖奔涌成河，细细品味，便能尝出其中绵密的甘味，还有陈醋又沉又满的香味。我总是忍不住拿骨头去刮盘子里的汤汁，当然，还不会忘了嘬嘬自己的手指。

你也不会知道那盘熏鱼有多好吃。好的熏鱼是连骨带刺都能吃的，只要轻轻咬一口，它们便在你口中酥开了。想象一下，一场小型热恋正在你的口腔中发生呢，而这场热恋所造成的后果是，你的心从此以后将永远被熏鱼俘获。

熏鱼好，炸得酥脆无比的表皮好，表皮下雪白紧实的肉质好，里里外外上上下下哪里都好，虽有一些微酸滋味，但更多的是腌渍它的五香料汁的味道。好的熏鱼真的很可怕的，吃的时候，我就一直在想，以后谁要是把全世界的鲅鱼和草鱼都做成熏鱼，统统堆到我面前向我求婚，我或许会认真考虑一下要不要跟他走呢。

K，到时候你会不会挽留我呢？你会不会亲手煮一碗酒酿赤豆元宵来挽留我呢？就跟我今晚吃的酒酿赤豆元宵那样，里面有熬得稠稠糯糯的红豆沙，在口中抿一抿，沙沙的，有种真实的粗粝感，这会让人想到某种敦厚的作物的口感，蒸土豆？蒸紫薯？就是那种用身体的每个颗粒细细摩挲你的舌头的食物，还有甜，抽丝剥茧又笃定无比的甜。

K，我在风中朝着你所在的方向打一个响亮的饱嗝吧，你大概也会闻到甜甜的红豆沙的味道吧！

K你知道我有多能吃的，似乎从青春期以来，我的食欲就如同一头凶猛的野兽。别人都说自己心有猛虎，但我呀，胃里倒是实实在在装了一头猛虎。

曾经有段时间，我每天早上都要吃好几个热馒头蘸炼乳，那种蒸得松软无比的大馒头，卧在云蒸霞蔚的屉笼上，拿手轻轻一掰，又蓬又松，像云朵一样。每次我都要吃掉大半罐的炼乳，再多蘸一点吧，甜，还不够甜，还想要更多更多的甜。

那时的食欲野蛮而暴躁，从来不曾想过卡路里为何物。

我妈妈曾说过，人活着各有各的品相，讲求的就是一个“姿态”，吃东西有吃东西的“姿态”，爱人有爱人的“姿态”。吃东西的“姿态”叫“吃相”，至于爱人的“姿态”呢，我暂时还想不到一个适合的词语来描述它。

我想，我的吃相大概不会好看，碰到好吃的东西，我总会一直吃一直吃，迫不及待地拆解入腹，直到彻底厌倦，我从来不知节制为何物，我只想要当下的洪流倾泻，不管不顾。

我想，这样的我，爱人的“姿态”大概也不会得体到哪里去吧。但是K啊，有句话是这么说的，“迷恋是一种吞食”，当然这并不是我说的，这是杜拉斯说的。

“迷恋是一种吞食”，以前的我，并不能够明白这句话的意思。

但当我迷恋你的时候，发现自己竟也是抱着这样一滴不剩的心态。唯一不同的是，这次的我，再也不想吞食些什么了，这次的我，变得愿意“被”吞食。

K啊，我想我是心甘情愿的。

第十二封信

我会少思考，多睡觉

亲爱的K：

今天我们来谈谈身体吧！你可千万别笑，这并不是一个多羞赧的话题，倘若想得更直白一点，我们的肉身，也只不过是一组组动词的载体。什么“走”“跑”“吃”“打”，当然还有“游”。

K，最近我爱上了游泳。说实话，小的时候是很讨厌游泳的，讨厌刺鼻的消毒水味，讨厌赤脚走在湿滑无比又不是那么干净的瓷砖地面，讨厌每次游完泳后又湿又黏还板结在一起的头发。

上个礼拜，是时隔五年之后我第一次下水。有人说，游泳是一种你一旦学会了便终生都不会遗忘的技能。我也不知道这是为什么，大概每个人的上辈子都是鱼吧，当我们被丢进水里，身体里某段遥远的记忆便会被唤醒。

你看，肉身也并不是一无所用，那些脑袋记不住的事情，身体却帮我们记住了。

差不多在今年5月的时候，我得了一场很严重的中耳炎，炎症引发的高烧持续了整整一周多。疾病让人变得羸弱，却也让人变得跟自己更加亲密。

耳朵，我从来都没有这么认真地在意过自己的耳朵，从来没有这么清晰地注目过自己的耳朵。它在呼救，在嗷嗷喊疼，这是我第一次如此真实地感受到它的存在。

在病愈之后的很长一段时间里，我都怀着一种很温柔的心态来对待它。嗯，要怎么跟你形容这种温柔呢？

想起有个女作家写自己曾在报纸上看到过一则征婚广告，上面有一句："左耳微损，但不影响轻声交流。"我想，大概就是这样的温柔吧，虽然比不上我想到你时心里泛起的温柔，但也已经是很缓慢很绵密的温柔了。

我想，我要对自己的身体好一点，我要和自己的身体变得更亲近一点。

以前的我并不是这样的，K，以前的我觉得身体是拿来“使用”的，是拿来“驯化”的。我讨厌运动，讨厌所有直接又具象的肉体感知。我拒绝听我身体的声音，拒绝和它产生任何形式的对话。

甚至在我心情不好的时候的时候，我选择直白而粗暴地对待它，用大量的垃圾食品来填充它，用劣质的酒精来拆解它，用无序的噪音来侵犯它。

但现在，我不会再这样了，因为我意识到，这样处置自己的身体，其实是一种残忍，也是一种无能。只有无能的人类，才会选择用这种方式来试图与自己的身体发生联系。

还好现在的我，已经不会再这样了。现在的我，开始听没有鼓点的音乐，开始不再频频使用夸张的表情，开始拒绝待在人群密集的地方，也开始记得在大风中捂住自己的眼睛。

神奇的是，渐渐地，我竟发现自己开始能听到更多的声音，开始能看见另外一个细碎的世界。

比如我曾告诉过你，我的心脏病，虽然我并不想这么叫它。人类总喜欢把那些异于自己的，而自己又拒绝去理解的存在，称之为“病”。

来，K，让我们换一个说法吧，让我们把那条生在我心脏里，而别人又没有的血管，称作“河流”。现在的我，我时常能“听”到那条专属于我的河流，里面奔腾着血液的声音。

又比如，当我在中耳炎病愈之后再次下水，我惊觉水中的一切又是一个崭新的世界。当你把头，把整个身子都探入水中，你会听到一些细碎又缥缈的声音，闻到一种蒙昧的味道，陷入一种仿若凝固的氛围。谁说荡来荡去的水波不是另一种“风”？在水下的时候，我分明觉得自己周身的皮肤正在一片温柔中吹着“风”呢。

就是这样的，K，我想你应该能够明白我在说什么。因为我们之间的亲密，就如同我和长在我身上的某个器官那样。

K啊，人是不能和自己的肉体失联太久的，因为一旦这样，人的精神也会渐渐消殒。我们正顺着生活的洪流漂啊漂呢，肉身是锚，也会是船。

还记得我以前答应过你的事吗，K？我曾答应过你，以后要少睡觉，多思考，那是马尔克斯写在那封著名的告别信里的一句话。

但我现在要反悔了，我想了想，还是答应你，以后的日子，我会少思考，多睡觉。

第十三封信

请去相信
最近和最远的东西

亲爱的K：

近来听到最频繁的一句话是："2017年又要过去了，时间过得可真快啊。"事实上，我很厌烦听到这样的话。因为对大多数人而言，这句话就只是感叹而已，就只是每到年末就要惯例性说上一遍的感叹而已。

舌尖抵住上颚，这句话从他们的口中发声，只会跟着一团无用的二氧化碳一起被喷溢到空气中，并不会汇入血液，然后奔流到心里。人既不会真的对时间的流逝感到彻底的恐惧，更不会试图伸手抓住些什么，只会在感慨完毕之后，躺下来继续心安理得地放弃。

就像我之前所说过的，人其实是心甘情愿被浪费的，是心甘情愿失去的，也是心甘情愿让自己后悔的。K啊，这就是我常常对人类感到绝望，也常常对自己感到绝望的原因。

K，以前的我总觉得过去的日子很像是被摄下却来不及洗出的胶片，而年末，这个岁月更迭的节点，就像是一间暗室，供我们把那些承载着过去岁月的胶片都洗出来，然后借着冬夜幽微的月光，再好好打量一遍，再重新确认一遍。

就像这一年，我为你写了很多信，有二十几封吧，或许还要多，有一些还没来得及发出来，放在了文档里，有一些则还没来得及写出来，放在了心里。

总之，有很多很多，多到我自己都快忘记了。而现在，我又把它们都倒腾出来，又把它们都重新翻阅了一遍。但看着看着，我却哭了，因为我突然意识到这些都是我曾拥有过的，而现在，它们都已经离我远去了。

原来，过去的日子根本没有声响，全是一片均匀的空白。原来，年末不仅是驻足，是回首，是停顿，是总结；更是一种失去，是一种提醒。

原来，我们一边走，身后那些踏过的路就会一边消失。

K，说起来残忍，但这似乎才是生活的真相。如果它们不消失的话，我们是不会意识到自己居然曾经拥有过的。

人类是很愚蠢的，所以上帝才要把这些从我们手中全部拿光光。只有失去，才能让我们意识到，哦，原来我们曾经真的拥有过。

2017年，连同之前所有的岁月，对我而言，大概就是一场失去。人对已经失去的东西是无能为力的，就像我们常对美感到无能为力，常对爱感到无能为力。

就像我常对你感到无能为力。

就像你很爱月亮，但你这辈子也永远不可能真的去到月亮上面。就像你很想念已经死去的外婆，但你还有可能再见她一面吗？不可能的，哪怕你能活上一百岁，甚至五百岁，都不可能再见到她了。

我们一边走一边丢，失去了就是失去了。

我们一旦开始害怕失去，就很难感到幸福了。

K，看到这里，你是不是和我一样难过，是不是和我一样想哭。可是，我写这封信并不是为了向你传达这种面对失去时的无力与绝望，我更想告诉你另外一些东西。

我不知道你有没有看过一部电影叫《同船爱歌》，每当我面临失去的恐惧，就会把这部电影翻出来再看一遍。很奇怪，明明是很悲伤的东西，却能让人重新找回力量。

里面有一段对白我反反复复看过很多遍，甚至到现在，都能完整地背出来：

“我们会在一起很长时间。”

“很长是多长？”

“很长很长，我不知道。我们会……一起去超市，或者去做什么大事，我们可以去拯救鲸鱼，或只是只小猫，找个事业，或做出某个改变世界的发明。我不知道……我们会一起做很多事情。”

“然后呢？”

“然后……我们会分手，像所有人一样。我们会难过，但这就是生活。”

“你确定这样值得吗？”

“值得。”

K，昨天晚上，坐在出租车的后座，我又把这段翻出来看了一遍。记得有大片大片路灯的光影从两边车窗扫进来，我无处可逃，但又不得不变得更勇敢了一些。

我们最后终究会分开的，我们也清楚我们最后终究会分开的，但还是值得，但还是愿意。事实上，在故事的结尾，那对爱人还是分开了，他们最后还是失去了彼此。但是，我永远都忘不掉雨果在说“值得”这两个字时，眼神中坚定的光芒。

K，其实，比起得到和失去，我更常问自己一个问题，“我到底幸福吗？幸福到底是什么？”

现在的我似乎已经找到了答案。幸福大概是意识到“凡事总有失去的那天”，也意识到“不能因为要失去，就放弃此刻”。

幸福是接受，是相信。是明明知道，最后都会失去的，还是选择去相信，去“相信最近的东西和最远的东西”。

K，我突然觉得我大概是幸福的吧，起码此时，我没有病痛的折磨，健康、平淡，我爱的人或许遥远，但爱我的人都在我身边。

K，哪怕最后都是要失去的，哪怕来年或许风大依旧，但起码此时，起码来年，我还能把爱我的人和我爱的人都捂得紧紧的。

K，从出租车上下来的那一刻，我突然想到了那首诗：“这是如此幸福的一天，直起腰来，我望见蓝色的大海和帆影。”

第十四封信

你想来厨房陪我 抽根烟吗？

亲爱的K：

最近我离开了北京，离开了这个让我郁结不已的城市。我来到了南方，沿着海岸线慢慢滑行，试图找到一个舒服的城市，然后让它成为我的圆心。上海自然是要回去的，毕竟是我曾待了整四年时光的地方，只不过无甚惊喜，她依旧是那副模样，鼓胀饱满，蓬松灿烂。

但我要说的并不是南方，也不是上海，而是你，K。

几天前的一个晚上，我被朋友领去她的一位朋友家打德扑，说实话，我并不怎么会，于是就在一旁默默观战，看着一团不怎么相熟的人围坐在一起游戏，谈笑，互相取暖。

席间有位男生突然起身，然后走向了厨房，我好奇，便转身看他。没想到，他竟在厨房里抽起了烟，还顺手打开了厨房的吸油烟机。我看着他高大的身子卡在厨房狭长又逼仄的空间里，看着他的身子微微弯曲，将重心全然倚靠在厨房的台板上。我的耳边传来吸油烟机发出的隆隆响声，那声音低沉、均匀，像是某个熟睡中的男人发出的粗重呼吸。

K，看到这里，你是不是也想起了什么？你是不是也像我一样，突然就捡到了某个被自己丢弃已久的夜晚？

是的，就是那个夜晚，就是那个我们刚认识不久时的夜晚。也是差不多类似的聚会，差不多类似的季节，差不多类似的天气。突然间惊觉，上海的冬天和伦敦还真是很像呢，湿冷，拖沓，明度很低，又暗又沉。只不过，面对的却是截然不同的人了。

K，那真是一个很美丽的夜晚，却也是一个装满遗憾和后悔的夜晚。我很后悔明明自己能感受到你的目光，却依旧选择了回避。很后悔在看到你悄悄发来的短信的时候，还是故作矜持地回了一句不咸不淡的话语。

很后悔没有告诉你，其实我知道那句“Do you want to meet me in the kitchen for a smoke?（你想和我在厨房抽根烟吗？）”是你从那本叫《我是海明威的巴黎妻子》的书里偷来的。很后悔跟你站在厨房抽烟的时候，依旧故作矜持地和你保持着一个冷淡的距离。很后悔在你放歌的时候，在你伸手的时候，没有大方牵起你的手轻轻转个圈。

K，而我最最后悔的事情，是我自始至终都没有允许自己去在乎。

那时的我，害怕把当时的慌张与不知所措误认为是自己坠入爱河的证据。害怕因为在乎而变得不酷。害怕终究会失去，更害怕这份“在乎”会让失去这件事变得更痛苦。

所以我选择捂住自己的心，不允许自己去在乎，选择为了未知的失去而放弃笃定的此刻。

K，我不知道为什么允许自己去在乎会变成这么难的一件事，就像我不知道为什么矜持会变成一种被我们如此高估的美德。

K，你在乎吗？你是一个足够坦诚足够勇敢的人吗？或许你是，又或许我们都不是，但我要告诉你的是，那些懂得让自己去在乎的人才是真正幸福的人。

前段时间，我在网上看了很多日本小学生天台告白的视频。我想你也应该去看看，因为他们可真好啊，又年轻，又敞亮。他们大概就是我所说的那种真正幸福的人。

还记得，里面有个男孩是这么对自己同桌告白的，“我发现我的身边坐了一个天使！”还有一个男孩，则对自己心仪的女生大喊了16次“我喜欢你！”另外一个女孩呢，她迎着风大喊：“我去补习班都是为了那个我喜欢的你！我对你的喜欢和你的年纪无关！请为我的恋爱期中考打个分！！！”你发现了吧，我在这里用了三个感叹号，但我突然觉得三个都是不够用的，哪怕是一百个，鲜红，加粗的感叹号也都不够，因为字面的语言根本表达不出他们那种赤诚又热烈的爱意。

K，我承认，当我看到他们的时候，我确实为自己曾经的胆小感到神伤了，也为自己曾经的拘束感到沮丧了。但比这些更重要的是，我突然生出了一种向往：我想变成那样的人，变成那样坦诚而勇敢的人，大大方方，落落拓拓，先勇敢地去在乎自己的情感，然后再勇敢地去在乎对方。

我想，这样勇敢的在乎，并不是对自己感情很轻佻的表现，相反，它其实是一种珍重。

所以啊K，我们还是先别急着学习如何去爱了，在这之前，让我们先学学怎么不去回避自己的情感吧，学学怎么不去欺骗自己的感受，学学怎么才能成为一个足够松弛、足够坦白的人。

悄悄告诉你K，这才是我真正的新年愿望，但我希望它们被说出来之后还依然灵验。

K，最后，我要向你坦白两个秘密，一是我真的很开心你能邀请我去厨房抽烟，因为这让我觉得，我们是可以共同站到人群之外的存在。

而另一个是，其实我根本就不会抽烟。

第十五封信

你想要什么样的爱呢

亲爱的K:

今天的我，原本并没有打算给你写信，也没有打算想你，只想度过暂时忘记你的一天。你大概想象不到大雪霁止后的天空有多亮堂，阳光虽然稀薄，却感觉脆生生的，好像可以直接从头顶一根根揪下来。

原本是很好的一天，天空透亮，道路也很开阔，但我在过马路的时候，耳机里却突然放起了那首《一切归零》。K，你知道的，音乐是有穿越时空的能力的。有时候你听到一首歌，就会一下子回到过去某个时候，甚至都能感受到那个时候的氛围，嗅到那个时候的气息。

K，我一下就想到了和你去看神佑黑帝（加拿大的一个后摇乐队）演出的那次，所有人都站在一个又脏又黑的密闭房子里，很挤很挤，气味也并不是很友好。但音乐响起的时候，我觉得似乎是有潮水倒灌入耳，整个世界在一瞬间催云成雨。他们真的太棒了，全程没有讲一句话，只是表演，一首接着一首，结束便默默下台了。所有人都站在那里等了很久的返场，但是没有，没有任何安可曲。

说来，前段时间我也被朋友拖去看了一场演唱会，就是那种需要你傻坐在几万人的大场子里挥舞荧光棒的演唱会。是我之前没听过的乐队，但现场很不错。

不知道为什么，看着主唱在台上挥汗如雨地蹦蹦跳跳，看着他躺在签满粉丝名字的巨型应援海报上拍照的时候，我突然就生出了一种向往：如果这辈子，可以像他一样，站在这样的舞台上，接受这么多的目光与呐喊，哪怕只有一瞬间，似乎也已经够了。

K啊，我并不是想像他那样有那么那么大的名气，或者赚那么那么多的钱。我只是觉得，被爱可真好，能被这么多人爱，被很这么多人这么笃定而热烈地爱，真的是一件很好的事呢。

K，你说，人是不是一种特别悲哀的动物呢？否则，怎么会这么渴望被爱。

K，那么你呢？如果是你的话，你会想要一种怎样的爱呢？

其实，这个问题是前几天我的朋友Z问我的，她把这个问题抛给我，因为她不知道自己想要什么样的爱，而我现在再把问题抛给你，因为我也不知道自己想要什么样的爱。或许，你能帮我回答这个问题呢。毕竟，人类在爱里的处境都是相同的。

Z会突然问这个问题的起因是她最近认识了一个男孩，男孩天生性子冷淡，内向又别扭，不会体贴地关心，也不会热烈地表达。甚至只有在没人的时候，男孩才能自在地牵她的手。

于是，Z常常觉得没有安全感，于是，他们常常争吵，终于有一次，男孩在争吵后问她："你到底想要什么样的爱？你知不知道，我对你已经做到了我能做到的极限。"

Z哑口，她回答不出来，她甚至有了一瞬间的怀疑，是不是自己过分苛刻，毕竟每个人的天性和能力都不同，或许男孩真的已经在自己的范围里做到了做好。

K，听了这个故事后，你有什么样的感想呢？虽然我不知道你会想要什么样的爱，但我可以确信的是，你是无法接受这样克制而骄矜的爱的。

我记得你的双手手腕关节处有两个文身，左手手腕上是Godspeed You（祝你好运），右手手腕上则是Black Emperor（黑皇帝）。两个连起来，就是你最爱的乐队名字。为此我还嘲笑过你，因为在我看来，在身上文自己喜欢乐队的名字就跟文自己女朋友名字一样愚蠢。因为人生并不会止于一时的热爱，再热都要冷却的。

我一直以为，爱并不是一个确凿的真理，爱是流动的，是时好时坏的天气，是时而升起时而降落的潮汐。People change , things go wrong , shit happens , life goes on.（人们总会改变，事情总会出错，悲催的事时有发生，但生活还是会继续。）

于是我问你，要怎么解释你的文身，是为了证明爱意永恒吗？

可你的回答却是："为什么要解释？为什么要证明？我只不过是想要对当时的热爱忠诚。"

K，写到这里，我突然想起来，在《挪威的森林》里渡边好像也问过绿子相似的问题："你想要什么样的真爱呢？"

而绿子是这样回答的："比方说，我跟你说我想吃草莓蛋糕，你就立刻丢下一切，跑去给我买，接着气喘吁吁地把蛋糕递给我。然后我说'我现在不想要了'，于是你二话不说就把蛋糕丢出窗外。这，就是我说的真爱。"

我觉得这跟真爱一点关系都没有嘛。”

“有啊，我希望对方答道，知道了，绿子，都是我的错，我真是头没脑子的蠢驴，我再去给你买别的，你想要什么？巧克力慕斯还是芝士蛋糕？”

“然后呢？”

“然后，我就好好爱他。”

以前我读这本书的时候，并不明白什么是草莓蛋糕般的爱。可现在，K，我大概是了解了，原来草莓蛋糕般的爱，就是那种不需要解释，不需要道理，不追究，不提问，也从不怀疑的爱。

就像你觉得你的文身，你的热情与爱都不需要被解释，更不需要担心在未来会有一天想抹去那样，我们似乎应该去期待一种既不求道理，也不问来路的爱。

K啊，现在的我只想去做一件事，那就是打电话告诉Z，告诉她，她想要的就是这种草莓蛋糕般的爱。然后立刻回来，回来好好爱你。

第十六封信

一起去散步好吗

亲爱的K：

最近我发现了一个新方法来对抗失眠，那就是放弃，全然的放弃。全然忘记失眠这件事，甚至忘记睡眠这件事，忘记日落和日出，也忘记时间的流逝。K啊。你说，人如果把自己的脑袋抽成真空，是不是也能把自己从难以入睡的焦灼中彻底解放出来呢？

在每个放弃睡眠的夜晚，我常常跑出去散步。这个行为是不是听上去既古怪又疯狂？但是你不知道散步有多好，我甚至可以说，在所有日常琐事中，我最喜欢的一件就是散步。这个世界上简直没有比散步更好的事情了。

如果在春天的晚上散步，走着走着，月光就会使劲往你身上凑；如果在夏天的晚上散步，或许会不小心踢到某只蜷在地上睡觉的小橘猫；如果在秋天的夜晚散步，免不了要踩在满地的落叶上，“咔嚓咔嚓”，“咔嚓咔嚓”，可不能多听，多听几下就会忍不住想要吃苹果。如果是冬天的晚上，那就更适合散步了，记住在大风中使劲拢住你的大衣，使劲把身子缩得小小的，把自己捂得紧紧的，那个当下，你会一下觉得突然和自己变得无比亲密。

K，我并不是个不怕冷的人，但我却最喜欢在冬天的夜晚散步。记得前几年第一次去一个北方的城市过冬，大半夜睡不着觉，就决定下楼漫无目的地晃荡晃荡，顺便看看哪里还能买到烤红薯。当然，最后还是没能找到烤红薯，但在回来的路上，天上突然扬起星星点点的细雪，有些凝滞在眼前，有些直接飞进眼眶消融在我的体温里。大概是从那个时候真正爱上在夜里散步的吧，我觉得自己迎接了这座城市最庄重，最美好，最崭新，最无法错过的时刻，并且我断然又任性地认为，自己是整座城市里第一个迎接这一时刻的人。

K，没在夜晚散过步的人大概永远不会明白，夜里的世界是和白天的世界完全不同的存在。人潮褪去的街道像被水洗过一样干净开阔，树影和树影交错在一起，就有了浮世绘里的浪潮。橱窗里的灯光依旧亮着，照得那些塑料模特格外好看，我猜，大概是因为他们悄悄睁开了眼睛。

偶尔经过24小时便利店，便拐进去买点东西，更多时候什么都不买，只是探访一下上夜班的店员。我并不喜欢白天的便利店店员，却偏爱夜里的他们。因为到了晚上，人的眼神会因为困倦而变得软塌塌的，没有防备，更没有精明的光亮，所有人都在深夜里成为可爱又柔软的小动物。

有时候，我会走着走着就摘下我的近视眼镜，然后抬起头，这样我便收获了我自己的月亮。她变得巨大，变得特别特别近，变成毛茸茸的一团，变成一副特别想拥抱我的模样。

K，我时常在猜测，我们会不会是活在两个世界里？它们在某个瞬间悄悄交替，又或许，有个看不见的魔术师趁所有人不注意的时候把它们给调换了？K，你知道吗，我时常会有这样奇怪的想法，当我走在夜晚街道上的时候，只有我，独自洞悉了这个秘密，只有我，探到了另外一个世界的边界。

我想，这大概是上天给睡不着的我的补偿。

轻盈地迈动步子，让风景经过自己，有人说，散步最接近纯粹的生活。但我始终不明白，自己向往的到底是一场可以通向熟睡的运动，还是一个人类生活撤退后的世界，又或者，是某个可以和我一同在夜里散步的人。

以前我在散步的时候，只听一首歌，那就是《また君と》[①]。我总觉得每样事物都有一个自己最适合，最恰当的位置，而这首歌好像就是为了成为我散步时的背景乐而生的：

今午前 2 時の交差点で
あの頃のように見つめ合って
戻らない季節を取り戻したいわけじゃない
だけど 今君を見てたい[②]

“在凌晨两点的十字路口，我也只想就这么看着你。”

K，下次一起散步好吗？我愿意把属于我一个人的深夜世界悄悄分享给你。

① 意为：《再度和你》。

② 意为：现在，在凌晨两点的十字路口，我们如当初凝视着彼此。我并不是想取回再也回不去的时间，可现在我只想，就这么看着你。

第十七封信

/// 你那里几点？

亲爱的K：

前几日我去朋友家做客，托他的福在冬天都快走的时候还吃到了大闸蟹。虽说现在的大闸蟹已经不是最好的时候，但剥开蟹盖却还红膏饱满，配上加了姜和糖的陈醋，简直胜却一切人间美味。

对了，他还给我们准备了青梅米酒，米酒不能豪饮，得小口小口嘬，嘬完一口，鼻头一皱，用舌尖抵住下颚，“啊”，发出一声畅快的叹息，这样的话，下一口米酒会因为你这诚实而真挚的赞美而变得更好喝。

我觉得自己幸福得像只躺在火炉边被主人顺毛的大猫，心想，要是还有糖炒栗子，那种纸袋儿装的，入口时还微微烫嘴，软糯无比的糖炒栗子吃就好了。

K，我真是一个贪心的人哪。但我还是要向你坦白，K，大闸蟹和糖炒栗子会是你永远的情敌。

你听了可不要太伤感，毕竟我比你还要伤感呢。不知道为什么，人在吃饱之后总会有些伤感，那种伤感大概类似于被抛到顶点后向下坠落的失重，但那天我的伤感里还有一些更复杂的意味，是面对时间疾逝自己却追而不得的怅惘。

去年为了做烤栗子被烤箱烫出的两条疤还赫然在手臂呢，竟是一年又过去了。

很多朋友都对我说过，女孩子手臂上留疤多难看呀，赶紧想办法去祛一下疤吧。我倒觉得无所谓，就当这两条疤是我的年轮吧，起码身体还是帮我记住了一些事情。

一年前的自己在做什么呢？把一年前写在社交网络上的状态翻看了个遍才依稀想起来，自己那时候住在郊区的朋友家，白天陪她画画，晚上叫上邻居一起赤脚坐在地板上喝酒聊天。

有时候邻居女孩的男友还会做一大盆意式千层面端过来，有时候厨房的铸铁锅里正小火煨着红酒炖牛尾，香气简直能穿透木门直接偷袭过来。窗外夜风倦怠，不远处就是个大公园，总能看见穿着运动服跑步的人“嚓嚓嚓”地踏过落叶。

有人说，在萧瑟的冬天乘车离开的人，都给人一种永远不会再回来的感觉。

可是K，我这里都快要初春了，你哪里呢？是不是还在湿冷的冬天？记得冬天的第一丝风才刚刚混入我的鼻息，冬末的最后一缕光亮就已经消散在你的瞳仁。

虽然我们同处冬天，却还是站在了一个季节的两端。

说到这里，K，我有一个物理学的问题想要请教你。你说时间会不会根本就不是什么线性均匀分布的计量单位，它其实是一根可以伸缩绷紧的橡皮筋。否则的话，为什么工作日的时间和周末的时间不是一样的时间？为什么等快递的时间和跟你在一起的时间也不是一样的时间？会不会我们所有人都中了时间的圈套？

我突然又想到了蔡明亮的一部电影——《你那里几点》，故事的男主角在天桥上卖手表，遇到了女主角，她那时候正要去法国，想要买一块能够同时显示巴黎和台北时间的手表。后来，她去了巴黎，他们有了七个小时的时差，于是，他就把身边所有的时钟都调慢七个小时，这样，就能假装他们还在一起。

时空不济，总让相爱的人相隔两端。

K，究竟我们该拿什么抵抗时间呢？抵抗这流逝的时间，抵抗这无法对接的时间。

这个问题我想了很久，从春天想到秋天，又从秋天想到了下一个春天，想过了无数因为我们之间的时差而凭空多出来的时间，直到后来，我有个朋友说了这样一段话：“如果有篡改时间的能力，我不会去改变世界，也不会去改变你我的结局。也许我会在失意时把时间暂停，去到和你相恋的某日，偷偷看你一眼，就回来，然后若无其事地把生活过下去。我不在乎现在的你，却经常需要过去的你。”

嗯，或许放弃抵抗才是唯一的方法，那不如就不抵抗了吧，就让它凝固在那里，让时间成为唯一安全的去处。不追问也不回首，或许一切还能保鲜在最美好的那个瞬间。

K，你说是不是这样？忘记我们之间无法同步的时间，或许它就不存在了。

如果真的是这样，那么从今以后，我都不会再问，你那里几点。

第十八封信

真正的勇敢是
离开一个人时的心情

亲爱的K：

最近有个问题困扰了我很久，到底什么才叫作真正的“勇敢”？

写下这个问题的时候，脑海中突然闪过一句话：“真正勇敢的人不会惧怕打下第一个耳洞。”我也不知道为什么，这半截无头无脑的话会突然出现，或许是昨天夜里梦到了那位一直很想打耳洞却一直不敢的旧友。

或许是因为很久以前看过的一本书，那本书里说，打耳洞会让人失去一些东西，可能是生命中的某个音阶，可能是脑海中的某段记忆，总之，随着耳垂上的神经被穿透，一些你也没有意识到是什么的东西就这么失去了。

所以，拥有好几个耳洞的我是一个勇敢的人吗？

当然不是。记得那本书里还有这么一句话，这样的失去是真正的丧失，就是你无法意识到自己已经失去了这件事。

已经失去的人是不会意识到自己到底失去了什么的，便也没有了勇敢的动因。后来的事啊，那都是失去以后的事情了。

对我而言，真正的勇敢是敢于面对那些将失去还未失去的时刻。所以K啊，真正的勇敢，才是这个世界上最最难的事情。

当人类还不足够勇敢的时候，他们往往会佯装自己很勇敢。比如面对死亡，面对这件可怖的，却贯穿了我们生命始终的东西。我们和它相处的方式常常是假装它并不存在。有人说死亡是我们活着的结果，但我觉得它更是我们活着的原因。但尽管如此，在大多数人的日常生活中，我们却还是用假装它并不存在的方式来试图跨过它。

每天清晨，当我们睁开眼睛的时候，我们不会慨叹自己又在生命的游标卡尺上位移了一小步，日子和日子之间胶着在一起，重复，拖沓，好像“生活”和“生命”之间根本就没有任何联系。当我们看着自己的父亲母亲，便只是单纯地“看着”，单纯让光影投射到自己的视网膜上，我们从来不会记得去注视他们眼角的细纹正在愈变愈深。

就像抬头时看不见天上的积雨云正在慢慢消散一样，我们看不见自己正在失去，正在失去身边那些温热的生命，正在慢慢失去自己。

又比如面对爱。虽然很不愿意承认，但最深的爱似乎总和最深的恐惧在一起。

爱最初的形状是害怕，是敬畏，是克己复礼。爱最后的形状也是害怕，是怯懦，是不敢回头。

不爱者才无畏，有爱的人都心存畏惧。若爱得再深一点，才能生出勇敢。

记得前几日去朋友家里喝酒，在场的都几乎都是写作者，酒过三巡大家便围坐在地板上：“来，每人说一个把生活写进小说的例子。”

轮到W的时候，他哽咽了：“我明明从来没有写过她，但为什么现在看起来字字句句都是她。”他有过一位女朋友，在两年前得抑郁症自杀了。

很多人，很多事，我们常常不敢写，是因为不敢想起，不敢回忆。可这世上并没有绝对的虚构，往事都会幻化成微小的尘埃，悄悄落到你笔下的字里行间。

不想，不念，不写，就可以了吗？不行的，我们只能靠着写下来的字句，跟过去打上照面，跟往事安然和解。我们只能靠着写下来的字句，来获得名叫“勇敢”的力量。

有人说爱是我们活着的原因，但我觉得它更像是我们活着的结果。

K，我想，真正的勇敢，不是假装不存在，不是假装已经忘记，不是仰仗一切虚假的，具有欺骗性的东西。而是确凿地知道，知道自己被卡住，知道自己无处可去，知道这些字字句句从我的眼睛里流淌出来，终究无法汇入你的眼睛，知道这人世鸡零狗碎，知道以后的自己或许活着但却永远都不会得到幸福。

知道你会离开，知道自己会没有太阳，只剩一盏光线昏黄的煤油灯，灯罩还永远擦不干净。

K，我真的不是一个勇敢的人，但我觉得自己正在渐渐生出勇敢的力量。就像此时此刻，我正坐在疾驰在高速路上的车中，而这辆车正在飞速驶离你所在的城市。外面一片漆黑，只有远处伫立的广告灯牌还凝着模糊的光亮，我坐在后排，耳边放着和我来时听的同一首歌。我开窗，让风从车窗吹进来，让风麻酥酥地吹进我的血液里。

我突然觉得，真正的勇敢，大概是离开一个人时候的心情。我以怎样的加速度奔向你，就要以怎样的加速度离开你。

原来离开一个人时会是这样的心情。K，我突然又想到，只有不爱者才无畏，有爱的人都会心存畏惧。但若想生出勇敢，就要爱得再深一点。

或许，我真的比来的时候更勇敢了一点呢K，或许在未来的日子里，我还会变得更勇敢呢K，或许，等下次见面的时候，我就已经真正找到了关于勇敢的答案。

第十九封信

你是我徒劳而美丽的红色光亮

亲爱的K：

自从离开你之后，已经过了很久，当然在这期间，我们也有过一些短暂的重逢，比如在每封书信的开头匆匆打个照面，又比如隔着漫漫长夜说些相同的梦话。但大多数时候，我还是一个人，一个人穿行于各个不具名的地点，一个人学习怎么照顾自己，一个人努力把自己慢慢往前拽，然后等待着生活的真相浮出水面。

K，你说，生活的真相究竟是什么呢？

大概是从去年这个时候起，我开始了一个人居住的生活。你若问我，一个人生活的滋味如何？我大概会逞强地告诉你，很好很自由。但是K啊，你要知道这只是我一贯的逞强而已。

太多的自由是令人厌倦的。

一个人的生活是孤独而疲惫的。

说来惭愧，每一天，我都觉得自己需要很多很多的能量，很多很多的能量来支撑我把昨天洗好的床单从洗衣机里拿出来，拧干，展开，然后趁着还有太阳的时候赶紧晾晒起来；很多很多的能量来支撑我把难闻的食物残渣和搅成一团的头发丝都归到一起，统统丢进垃圾桶；很多很多的能量来支撑我折叠衣服，收纳杂物，拆封快递，并且关心每餐的食物。

K，我时常觉得自己的能量不太够用，每天根本做不了几件事就会被深深的疲惫感捶倒在地。然而，生活的可怖还远远不止这些。

每天，当我独自醒来，明明是清晨，过分安静的房间里却都是属于黄昏时的告别气息。于是，我打开广播，听很多的音乐或者新闻。但你不知道啊，我并不关心内容，我所关心的只有音量，我只是想着，自己的生活是否也可以有一些嘈杂而热切的背景乐呢。

每天，当我难以入睡，明明是深夜，过分安静的房间里却都是属于清晨的凛冽气息，甚至，连我的脑袋里都充斥着薄荷糖一样的冷冽滋味。于是，我只能想你，用尽所有力量想你，直到想你想到脑袋变成真空，这样，我就没有任何余力来失眠了。

K，就是“令人厌倦的自由”，它过分宽广了，宽广到让我找不到任何可以落脚的地方，让我觉得自己是一个没有重量的塑料袋，苍白，心虚，只能听从风的方向。它更让我觉得焦虑，让我感到沮丧，为什么呢？为什么我会这么无力，这么虚弱，这么需要陪伴和依靠？

为什么我会这么向往一片海，同时却又如此需要一个锚？

K，生活的真相究竟是什么？我们该如何消解生活的混乱与无序？如何消解自己的悲哀与焦虑？我们该如何找到生活的“安全出口”？

这些问题常困扰着我，让我独自生活的步子变得更加沉重。

前几日半夜跑出去散步的时候，路过了一个废弃的停车场，很神奇，我撞见了一个被遗弃的破公交车。更神奇的是，我居然发现这个车上还住着人。车顶上有一个无线接收器，有一些听不清楚是电视机还是收音机发出的声音从里面悠悠传出，安然，自洽，像从黑夜深处流淌出来一股股暖流。

左边的车窗上很认真地悬着一块红色的绣花布，车里的灯光透出来，变成了徒劳而鲜艳的红色。一切都是那么笨拙而古朴，安安静静，一副对生活很深情的样子。

那个瞬间我突然想起了一位在日本生活的朋友，她曾说自己有天路过一家根本无人光顾的居酒屋，可店主还是满脸微笑，背脊挺直，带着十二分精神站在吧台准备迎接客人，门口挂着一块牌子，“一生悬命营业中”。

一生悬命，一生悬命。K，我突然间觉得，生活的真相或许就是：虽然我们永远都无法触碰到那个真相，可此时此刻，我们还可以尽最大的努力去原谅自己，去原谅生活。

认真洗澡，步行买菜，怀念每一顿早餐，也怀念每一个遥远的人。或许，生活从来就没有什么远大的目标，也没有什么深刻的奥义。所有关于生活的真相与真理，都藏在你此时此刻的呼吸里。

你要知道，在这个世界上还有很多人正认真而努力地生活着，然后你就不会再感到焦虑了。

你要知道，你得让自己和他们一样认真而努力地去生活，然后你就不会再感到难过了。

对待生活，我们每个人都是永远的新手。

所以K，或许我们可以先学着去原谅自己。

然后，我就可以像爱你那样，将自己的热情全部倾注于生活的悲哀秩序中，毫无保留，一意孤行。

第二十封信

爱你是一种崭新的自由

亲爱的K：

有一天，有个朋友问我，你是个什么样的人呢？我不假思索地脱口而出，我是一个自由的人呀！

事实上，这句话并不是我说的，而是一个占星师告诉我的，她告诉我，我有好多星星都落在了射手座，所以我是一个自由的人。悄悄告诉你啊，K，其实我根本听不懂她的话，但我还是选择对那些神秘的遥远的事物保持向往保持好奇，同时，也保持尊重保持距离。

而且，你不觉得这话听起来就很美吗？我好像一闭上眼睛就能看到好多星星簇拥着而来，它们汇成一束光亮，抵达我，并且准确而优美地坠入我的命运中。这难道不美吗，K？

这很美吧，就像成为一个自由的人一样，也是一件很美的事情。

你知道的K，我的爸爸妈妈善良又开明，是和你一样可爱的人。从小到大我都是一副野蛮生长的姿态，疯起来漫无边际。这样的我，大概是个自由的人吧。可现在看来，那些却又像是很浅薄很低级的自由。

我时常在想，那究竟什么才是彻底的、真正的自由呢？

去年有段时间，我总是感到焦虑，焦虑的根源是我不想浪费一点点的时间，我总是被一种慌张又无措的情绪奴役着，驱赶着向前走。那个时候的我觉得“时间”是束缚我最多的东西。可人活着，又怎么能挣脱得了时间的束缚呢？就像我们只要站在地球上，就无法挣脱重力的束缚。

后来，我为了抵抗这种焦虑，决心回到海边的故乡生活一段时间。在那里，我见到了一位老友。“老友”一词用来形容他真是再恰如其分不过，不仅因为我们相识多年，更因为他是我见过“老人气”最重的人。

说起来，我们年龄相仿，可生活状态却截然不同。我四处行走，自由写作，而他足不出户，住在海堤旁的一座小楼里，每天潜心制香。对，他是一位制香师，一位很年轻的制香师。

这听上去很神奇吧？事实上，我也不清楚他的工作到底是怎样的，只是在他工作室见过各种各样奇奇怪怪的瓶子罐子。似乎是很低产的手工作业，大概是把各种香料慢慢捻成型。总之，在我看来，他的工作枯燥又琐碎，如同他做出来的香一样气味沉闷，在我看来，他大概是完全站在自由对立面的那种人。

但是K啊，我错了，他要远比我自由得多。在他家里，我没有看到任何钟表，在他的工作间，在他的卧室，没有任何可以用于显示时间的电子产品，甚至他不会带任何电子产品进入这些地方。

我问他，那你平时工作的时候是怎么知道时间的啊？他朝着窗外海的方向努了努嘴："潮水啊。"又伸手向上指了指，"天光。"

我一下就觉得，自己的人生好像是踩在坚实的，布满形形色色脏脚印的水泥地上，但他不，他好像是踩在金色、松软、潮湿的沙地上。

K ,当他说这些话的时候，我的脑子中突然响起一首歌，里面有句歌词似乎是"缓缓离开命运的小镇"。具体怎样我也记不清了，但总模糊地感觉，这首歌和他一样，给人一种远离时间之外的自由感。

K，我恍然觉得，时间分明就是一个骗局，那些无休止侵占我们的时间不过是一场想象，甚至连想象都算不上。我恍然意识到，如果因为时间而感到不自由的话，不如放过自己，下楼散个步，不如走长长的路去买一本书或者一个面包。这样就会马上发现，时间根本都不如经过自己的风真实，不如自己手里散着热气的面包真实。

但是K，我以为自己领悟了，可马上，我又发现自己还犯了另外一个错误，我怎么能说“觉得他比我自由”这样的话呢，自由根本就不能量化，无法比较，当然也称不出斤两。

这可不是什么表述上的小错误，这是我们对自由常有的大误解。就像另外一个我最近非常讨厌的词语——“财富自由”。不知道为什么，一时之间，所有人的嘴边都挂着这个词语。可是你想呀K，“财富”两个字笔画这么多，一看就很重，沉沉地把“自由”压在地下，我好像都能听到“自由”在嗷嗷呼救呢：“放过我吧，放过我吧。”

K，我们不自由，是因为我们常常去注视那些不属于我们，我们也无法占有的东西，比如时间，比如财富。但事实上，这世上根本也没有什么东西是真正属于我们的，你说对吧K？

K，真正的自由是可以不去在乎别人所在乎的，只去在乎自己想在乎的。真正的自由是彻底接受，是在认清自己之后仍然愿意退后一步，退到人群之外。真正的自由是不去想自己是不是自由的，也不去想自己该怎么获得自由。真正的自由是有爱的自由，也有不爱的自由。

K啊，曾经的我一直以为，你是我生命中最不自由的部分。后来，当我不再期待以通过爱你这件事来抵达自由之后，我才发现，原来自己是流动的，原来在爱你的时候，自己也很自由。而且，那是一种崭新的，我未曾谋面过的自由。

第二十一封信

我想和你一起变成废物

/ / /

亲爱的K：

有人问我，最好的情书是什么样的？

我觉得，最好的情书大概是成篇的废话，大概是琐碎的日常，大概是一厢情愿地把那些你无法亲眼见证，也无法亲身参与的生活，絮絮叨叨地描述给你听。

并且毫不在乎你的回应。

K啊，记得夏宇曾写过一句诗："写你的名字，只是为了擦掉。"虽然诗歌的意涵总是很模糊的，但我决定擅自猜测她所想表达的，也是和我一样的意思。尽管夏宇本人并不知情，但我可管不了这么多。总之，我就是和女诗人达成了单方面的"共识"。

我也不知道自己是怎么就拥有了这么高深的觉悟，明明再年轻一两岁的自己，只喜欢那种浓烈而不加克制的表达，明明只向往那种最极致、最淋漓的爱情。

记得那个时候的自己，还会一笔一画郑重其事地写下《恋爱时，我想和你做的一百件事》。现在想来真是蠢得可爱呢。

我一度以为爱是一件很重大的事情，所以我们要小心对待，要提前预留时间，要精心做好规划。我们必须要去做一些特别的事，一些意义深刻的事，一些其他人都没有做过的事，要轰轰烈烈，要光鲜亮丽，要用那些无法取代的时刻，把我们的恋爱一点一点填满。

说实话，我也是抱着这样的心态和你相处的。正如我一贯的好胜和要强，我总是非常讨厌庸俗，非常讨厌浪费，我总觉得，倘若不能把自己深深刻入对方生命里，倘若不能制造一些独一无二的记忆，那这样的恋爱又有什么意义呢？

于是，我在心里默默列下十个目标：要一起去冰岛看极光，一起去俄罗斯看世界杯，一起去热带的岛屿国家学潜水，在故宫初雪的夜晚一起去踩城墙根底下的积雪……

记得有一次，我们开很远的车去植物园野餐，那是我第一次去植物园，也是在那个春天第一次去野餐。一路上我的兴致都很高昂，我的手机连上车里的音响，就有非常春天的歌曲从里面流出来；我把车窗彻底洞开，就有暖酥酥的春风从外面灌进来。我满心欢喜，想着要在那里用怎样的姿势拍照，心想着回来后要用怎样美妙的语言来描述我们今天的这场约会。

但到了那里之后，天却突然变阴了，像是刻意和我们作对一般，雨也在这个时候猝不及防地落下。我无法形容自己当时的心情有多沮丧，大概比当时的天气还要糟糕一百倍。记得我发了很大的脾气，一边苛责你为什么没有提前查好天气预报，一边懊悔我们在路上浪费了这么多时间。

那真是特别糟糕的一天，真是特别糟糕的一段记忆。但对现在的我而言，这份“糟糕”并不是因为我精心准备的约会失败了，而是因为我的愚蠢，因为我毫不可爱的愚蠢。我为什么要责备你呢？明明我们在路上就已经这么开心了，我为什么还要这么“用力”呢？

K，我总是这么努力地为我们间的感情赋予意义，总是这么努力地想要制造一些无比深刻的记忆，结果到最后才发现，爱情根本就不是什么待办事项。

就像后来的我，也有过很多天气晴好的野餐，却再也找不回像当时那样被春风吹得麻酥酥的心情了。

原来我最最怀念的，还是那个徒劳无功，又很不精明的午后。

K，我突然想起突然想起任航写过的一首诗，叫《爱情》：

你站在窗前，

你说：
我们有那么多的事情没有一起做过。
我从背后抱住你，
指着楼下的游泳池，
和挂满树的闪灯，

我说：
现在我们一起看过了
大海和星空。

原来，我们并不是要和自己所爱的人去做一些伟大而不同的事情。

而是因为那个跟我们做这些事的人，才让它们变得伟大而不同。

当你爱人正在身边，哪怕是泳池和闪灯，也要比大海和星空更加美丽。

K，记得有人说过一句话：“爱这种东西不是给予，而是得到。是得到对方对爱的期待。”那么现在，我要重新告诉我对爱的期待：我不会再这么努力，这么刻意了。我期待和你一起漫无目的地生活，一起无所事事，一起虚度光阴，一起赖着变成全宇宙最没用的两个废物。

第二十二封信

学会绝望是生活的唯一救赎

亲爱的K:

记得给你写的第一封信，叫作《只要太阳存在，就已经是全部的人生了》，那是在2017年的春天，我一个人在莫斯科机场，对着起降的飞机含泪许愿，愿遗忘你，愿遗忘某个寄望。

当时的自己，刚和你告别，总觉得万物昏聩，也找不到活下去的力量。如今回想起来，却只能隐约记起当时耳机里放的音乐。一首纯器乐，间中还混了一段人声采样，是一个女人的恸哭。就像是一个隐喻，那时的我以为，人生大概就是一场掩藏在优美音乐下的恸哭。

这一年，模模糊糊，像是睡了一觉，但又完全记不起自己梦到了什么。醒来的时候才发觉，哦，原来时间已经过去了。说不上来是庆幸，还是欣慰，又或者，两者都没有。我只是疑惑，到底是什么给了我往前走的力量。

但是K啊，在这一年里，我学会了一件很重要的事情，那就是“绝望”。我想，大概“绝望”就是那个给我力量的东西吧。

或许，你会觉得我的话匪夷所思，因为从小到大，有太多人告诉过我们，你要对生活满怀希望呀，这样才能更好地活下去。但如今的我却觉得这句话是一个不负责任的谎言，当我们面对生活，绝望才是比希望更加重要的东西。

以前的我，也会天真而愚蠢地期盼很多事情的发生，也会天真而愚蠢地问生活要一些东西，问生活要它也给不出的东西。

比如，我想要北半球永远都是夏天，我想要天气永远像今天那么好，我想要阳光只往我一个人的身上凑，又比如，我想要你能永远都能留在我身边。

可生活并不是一件求仁得仁的事情，它只会告诉我，凭什么呢？

每个人都会想要别人的陪伴，想要恒久不变的爱意，想要异于常人的天赋，想要命运偏心的眷顾。

但是，凭什么呢？

K，我们不得不承认一件事：人生中很多的痛苦都是因为“求而不得”。太多的期盼实际是一种消耗，太多的期盼实际是一种冲撞。当我们有了期盼，就会时常处于等待的焦虑中，就会需要承受期盼落空后可能会心碎的风险。

太多的期待有时候是一种贪婪，太多的渴望有时候会让人变得很可怜。

就像人人都在期盼真爱，都在期盼能在自己有限的生命里遇到一段与众不同、独一无二的爱情一样，但事实上，真正的爱情和大多数人的一生都没有什么关系。

我记得柏拉图曾说过一个神话故事，我觉得隐喻了爱情。传说，从前的人类是一种圆形的阴阳人，阴阳人的腰背都是圆的，形体是一个圆团，他们由月亮生出，同时具备太阳和大地的性格。所以他们体力充沛，高大强壮，还图谋向诸神造反。所以神就将他们劈成了两半。阴阳人被截成两半之后，这一半想念那一半，想再合拢在一起，想变得完整，于是饭也不吃，事也不做，直到饿死为止。

若是这一半死了，那一半还活着，活着的那一半还是会到处寻找。这也就是我们所说的寻找另一半。只是我们不知道，其实那另一半早就已经死了。

我们就是这样，穷尽一生，在找寻一样不存在的东西。

K，生活的真相是，没有一件事会真正按你所期待的发生，如同爱情之不可能，如同大多数美好事情之不可能。

但那又如何呢？你看，世上这么多人都没有爱情，这么多人都得不到他们想要的，但他们也活得好好的，也不见得就会立马死掉。

K，这就是我为什么说绝望是一件重要的事，因为纯粹的绝望一种很平静的东西，它是一种诚实，对命运的诚实，对自己的诚实。它甚至可以成为一种善良，一种宽容。

纯粹的绝望是一种“接受”，接受命运，也接受自己，并且是以一种安静，却很有力量的一种方式。

在我眼中，比做一个满怀希望的人更重要的是，做一个不追问为什么的人，一个对生活不抱持希望的人，一个坦然接受命运的人。

真正有信仰的人不是相信“能得到”，而是相信“得不到”。

真正勇敢的人不是改变命运的人，而是领受命运的人。

就如同现在的我，时常会想，未来究竟会怎么样呢？

我可能会遇到一些人吧，我会喜欢和他们一起吃饭，会喜欢和他们一起旅行，会喜欢和他们一起睡觉，甚至会想见他们，想和他们在街上一起走走。

但我爱他们吗？我不知道。

我会结婚吗？会和一个陌生人生活在一个屋檐下吗？

我会有一个小孩吗？会和他一起长大吗？会告诉他这些关于绝望的事吗？

我也不知道。

很多东西没有是应该的，有了才是神迹。我想，我要做好没有的准备，但也记得对意外的赠予表达热泪盈眶的感激。

我想，我要带着这份冷淡的绝望好好生活下去，但也记得把盛大的期待打碎成微小的愉悦好好生活下去。

我想，这对于我而言，就已经是足够伟大的活法。

第二十三封信

因为爱就是徒劳

亲爱的K：

今天我想问你一个问题："交流真的有用吗？" 你不用着急作答，因为我是怀抱着一种消极的态度向你抛出这个问题的。

但如果交流真的无用，那么我的问题一出口，便好像又成了悖论。

曾经有很长一段时间里，我都把"表达"当成一种武器，一种可以深入陌生人生活背景的武器。我崇拜所有掷地有声的字句和坚决凝练的语气。我想要结果，我想要一切的一切都目的明确，直捣内心。

曾经的我，就是这么勇敢而愚蠢。

但后来，我变得越来越疲于说话，疲于在一些公开或不公开的场合袒露自己。特别是在开始给你写信之后，“表达”好像变成了我的隐疾，或者说，变成了一种现代人所共有的隐疾。

在我看来，大多数人的日常交流，既没有形状，又没有气息，离想象力很远，浅尝辄止，不堪一击。比如现在，我正和一个不怎么熟的朋友对坐在咖啡馆交谈，我可以试着为你描摹一下我们对话的内容，大概就是我说“咔咔咔”，他回“咵咵咵”。我们总是在自说自话，像水静默地流过彼此，却什么都没有留下。

我觉得自己脸上的不耐烦就快要从眼睛里掉落出来了，但出于礼貌，我还是要强迫自己继续端坐在这儿，这种感觉就像一个毫无演技的人，突然被丢到了一出乏善可陈漏洞百出的戏剧里。K，这样的场合时常让我觉得无力。

有时觉得，倾诉和倾听根本就是一件事情，不懂倾听的人大概也不会懂得倾诉的奥义。我讨厌和这样的人说话，因为他们的身上有种令人厌倦的自现。他们关注语气，多过内容；关注表情，多过态度。

他们并不关心对方在说什么，唯一在乎的是自己在说什么。这多可笑啊，他们拒绝当倾听者，却想成为唯一的倾诉者。在他们看来，对面坐的人是谁根本就不重要，因为他们不需要特定的倾诉对象，他们唯一需要的，大概就只是一面镜子而已。

K，你说人可不可以不表达？可不可以不说话？可不可以不倾诉也不渴望得到回应？那些太久没有说话的人，喉咙会不会真的因为淤塞而发不出声响？

还是不可能的吧，人一旦拥有了说话的能力，便再也抹杀不了自己的倾诉欲了。有时想想，甚至会有点羡慕那些天生就丧失了说话能力的人。放弃了某种“权利”，从一定程度上也意味着克服并超越了这种“权利”能够带来的“优越”情绪。

真的，K，人的生命中可以算得上是“交流”的对话并不会太多，甚至可以说是非常稀缺的。在我短暂的人生经历中，能够一下想起的或许也就只有这么几次。其中有次是在某电台软件里认识了一个朋友，非常神奇，我们明明没有见过面，甚至连对方的照片都没有见过，但却总是能够给予对方相同频率的回声。

更难得的是，因为我没有开启那个电台软件的消息提醒，她也没有，所以我们经常在三五天，甚至半个月之后，才会突然想起去查看自己的收件箱，才会发现对方在十几二十天前发给自己的消息。

不知道为什么，这样断断续续的交流却让我感到了一种前所未有的舒适。我们像是把那些想跟对方说的话不疾不徐地装进了一个酒坛里，然后任凭那些字字句句慢慢发酵，慢慢沉淀。等到突然想起之时，揭开盖子，便已经能闻到一股酒香。

K 啊，人的生命中可以算得上是“交流”的时刻真的不会太多，所以我才更要珍视那些旗鼓相当的交谈呐。

我在想，如果有一天，当我们之间也变得无话可讲，当我们再也无法从对方的声音里听到些什么，你会噤声吗？我会沉默吗？

我想我是不会的。因为即使交流真的无用，我还是会依然愿意对着你说话，哪怕是徒劳。

因为爱本来就是徒劳。

第二十四封信

老去是毫无过渡的猝然一瞬

亲爱的K：

不知道你有没有听过一句话："人不是慢慢变老的，人是在一瞬间老去的。"

最近我时常想起这句话，比如当我开始给你写信，却在写完第一行字的时候戛然停笔，我要说什么呢？我想说什么呢？下一句话明明还影影绰绰挂在脑海，却怎么都想不起来。这种感觉实在是太让人难受了，于是，我下定决心一定要想起这句话，却在一转身之后，把整件事忘得干干净净。

比如我突然变得非常不爱出门，那种抡着酒瓶子诉说整晚的事啊，都变成了如同上辈子一般遥远的事情。每次出门回来之后，都需要一段更长的时间来好好修整自己，等待自己的精力值、生命力值恢复到一个不再濒危的水平。

我像是一个蓄电能力不怎么稳定的手机，有时候接触不良充不上电，有时候电量“虚高”后背却滚烫，甚至有时候毫无预兆立马就黑屏了。K，我突然觉得外面的世界太危险了，世界变成了我走十五步就能到达门口的房间。

又比如昨天晚上，播放器为我推送了快一百首“我可能会喜欢的歌”，但在第101首的时候，我的困意依旧比将死之人的鼻息还要微弱。

怎么会这样呢？K，“入睡”这件事原本不应该像“走路”、像“坐下”一样，都是由我们的肌肉神经自动操控，自然而然就发生的事情吗？怎么会突然就变成了横亘在我日常生活中的巨大困难呢？怎么会这样呢K？

更让人难过的是，这101首歌带着千篇一律的旋律传进我的耳朵，却没有一首真正淌入我的心里，它们节奏一致，旋律模糊，完全是一堆不同音节的排列组合。但这不是歌曲的错，更不是播放器的失误，就算我把手机和音响狠狠摔到墙上，它们也不会立马知错就改，旋即就给我播放一首听完后能让人如蒙神谕般的神曲。

K，真正让我感到难过的是，我已经察觉到了自己的感受力正在慢慢消失，但我却对这件事一点办法都没有，我找不到那个能把家用电器说明书津津有味品读上好几个小时的自己了，我找不到那个一碰就会咯叽咯叽笑，一戳就会嗽啦嗽啦哭的自己了，我找不到自己身上那些毛茸茸的触角了，全找不到了。

再比如现在，K，我正独自坐在出租车的后座，车正缓慢行驶在东三环的高架上，今天的夕阳可真美啊，K，美得让人觉得它不应该出现在夏日傍晚北京的天空上，它明明应该出现在一个别的什么地方，比如凡·高的画里，比如韦斯·安德森的电影中……我迷失在这片异常温柔的神秘光辉中，分辨不清方向，我忍不住抬手拍了一段视频，忍不住把这段天色分享给了我的朋友。

可当我再次抬起头的时候，那片夕阳却消失了，尚余一层薄薄的暮色笼罩着地平线，沉闷昏聩的黑夜马上就要接踵而来了。

原来，老之将至，就如暮色压城，一抬头，天就黑透了。

也是在这一刻，我才真正理解了那句话——“人是在一瞬间老去的”。人并不会真的在瞬间朽迈。我们已经老去很久了，只不过，老迈而迟钝的我们只是在那一瞬间，刚想起来这件事罢了。

其实在很久以前，我就已经变得很健忘；其实在很久以前，我就已经开始疲于出门；其实在很久以前，我就已经变得很难遇到喜欢的电影，喜欢的书和喜欢的歌；其实在很久以前，“兴致勃勃”就已经成了离我最遥远的成语，因为我对很多事情都再也提不起什么兴致……

我就像个被揉搓了太久的皮球，全靠一张又破又脏的皮绷着，而击倒我的那一瞬间就如同某根尖锐的刺，一下就让我泄光了所有的气。

这听上去很可怕吧，但是K啊，其实我是并不惧怕变老这件事的，常常失眠又怎样？精力变差又怎样？不爱出门又怎样？比这些还要可怕上一万倍的是，你不想再爱任何人了，不想再接纳任何人了。真正老去的标志是对任何人都不再抱有什么强烈的爱恨，甚至都懒得付出任何稍微浓烈点的情绪了。

我突然想起有一天下午，在拥挤的一号线上看到过一个女人，大约四十好几的年纪，早就已经不是什么鲜嫩少女，却像个少女一样紧紧挽着身边丈夫的手，嘴角噙着笑，时不时抬头撒娇，眼里还扑闪着糖汁般的甜。我好羡慕啊，真的羡慕，羡慕这样明亮的人，饱满的人，有热气从每个毛孔里透出来的人，被好好浸泡在爱里保鲜的人。

我想从她身上偷半分笑容，偷一条抬头看爱人时流畅的下颌线，甚至想从她夸张的语气中偷几个感叹号。

K，永远的少女并不值得被羡慕，真正值得被羡慕的是那些被爱浸泡的老人。

年轻时候的我，也曾起誓要做那种会用喷喷香的圆珠笔在带锁的日记本上每天写日记的少女，要做那种看偶像剧的时候会激动到仿佛在弹簧上使劲蹦跶的少女。

但如今的我，只期待做一个永远有力气爱的老人。尽管，爱这件事也不能让时间可逆，但起码，爱能滋养出生命力，爱能让老去这件事变得不那么面目可憎，变得稍微可爱那么一点。

你说，是不是呢？

第二十五封信

悲伤药方

亲爱的K：

不知道为什么，常常会有人问我讨要治愈悲伤的药方，他们给我发大段大段的私信，讲述日常的困顿，诉说心中的苦闷，他们常常会在末了问我一个就连我自己也无法解答的问题："我为什么这么难受呢？我究竟怎么才能快乐起来呢？"

我觉得这个问题是很可笑的，难道这个世界真的存在那种全然开心的人吗？

倘若真的存在的话，那么，我愿意把我以前许过的愿望全部作废，从现在起，我只想做一个快乐的小傻瓜。一个真正快乐的小傻瓜，五花马，千金裘，万两黄金也不换。

但我知道，这样的发愿是虚妄的，因为我知道，我们每个人都在遭受着悲伤情绪的煎熬。

就像独自泅泳于暗夜中的海域，悲伤情绪是时不时会击中我们的浪头；就像淋过一场突如其来的暴雨，悲伤情绪是洇湿后闷在鞋子里怎么都干不了的袜子；又或者说，你还记得我们学奥数时候做过的蓄水池问题吗？我们的身体就是那个无辜的蓄水池，而悲伤情绪则是源源不断倒灌进来的水，倘若不及时放完，就会漫溢成灾。

但是K啊，在我有限的人生经验里，悲伤情绪是根本无法被降解的，它只能被无视，只能被遗忘。倘若在这个世界上真的存在什么悲伤药方，那么我想，它的第一味药引大概就是遗忘，遗忘人类，遗忘对人类的爱。

不知道你有没有看过一部剧叫《年轻的教宗》，俊美如神祇的裘德洛说："I love God because it is so painful to love human beings."(我爱上帝，因为爱人类是如此痛苦。)

爱人之痛大概是所有悲伤情绪的起源，当你对一个人有了期待，期待一个不属于自己的表情，期待一个自己无法掌控的动作，甚至期待一颗不属于自己的心，那么就有了陷入焦灼与失望的可能。对他人的期待与爱是一把利刃，只不过，刀尖对向的是自己。

It is so painful to love human beings.（爱人类是如此痛苦。）所以，还不如把对人类的爱转移到“物”上面，或者，说得更宽广一些，转移到“生活”上面。

K，这也是我近些年所学会的最重要的一件事——去爱物，然后允许自己浸润到生活当中去。

记得有段时间情绪不佳，就常常一个人跑去逛宜家，不知道买什么也没什么可买的，可一到了那里，一被热烘烘的人群包围，被那种似乎每个人都在热切生活着的氛围包围，就觉得心安，哪怕是充斥着浓浓临时感的样板间也变得可爱起来。

用眼睛打量不同木质家具的纹理，想象它们的前世会生活在一片怎样茂密的丛林里；用指腹慢慢摩挲不同支数的被单，80支的触感总要比60支的更加绵软；有时候带几个盆栽走，有时候是奇怪的杯子，还有一次是抱枕，热热的，软软的，顶着北京的大风慢慢走回家，总觉得自己怀里抱的是一个孩子……

甚至，在和这些“物”的相处中，我还收获了很多学问。不过，说出来你可能会觉得很好笑，因为这些学问真是小到几乎会令大多数人都不屑一顾：比如，哪个牌子的衣物柔顺剂最好闻。比如，怎么完美取出牛油果的果核。再比如，外卖的咖啡根本没有什么喝的必要，因为倘若一杯咖啡没有在做出来的十分钟内被喝掉，那么里面的芳香物质就会被氧化而彻底影响口感……

K，这些事情是不是看起来既琐碎又无用呢？但是，它们却让我找回了生活中最原始最纯粹的热情。就像人生中很多事呀，也不过是手捧热咖啡时一句“趁热喝”的决心。

我突然又想起帕斯卡尔似乎是说过这么一句话：“人类不快乐的唯一原因是他不知道如何安静地待在自己的房间里。”我妄自揣测他这句话的意思是，那些不快乐的人是因为不知道如何自处，如何自洽，如何自己和自己玩。

这也是我完全没有想到的，我竟然在和这些“物”的相处过程中，找到了如何和自己相处的方法，也找到了如何自洽的方法。

亲爱的K，尽管，这世间并不存在完全快乐的小傻瓜，但是还有很多努力快乐着的大笨蛋啊，而我所见过努力快乐的人，都是那些义无反顾去认真生活的人。

K，这就是我想要告诉你的事，关于悲伤的药方其实只有七个字——“专注于生活本身”。

只要我们足够专注，那些悲伤情绪总有一天会自己慢慢剥落。

第二十六封信

想当一条
从来不怀疑爱的小狗

亲爱的K：

北京的秋天似乎是来了，为什么要用“似乎”这个词呢？因为呀，夏天就像个明明要走却还频频回头的小孩，时不时过来恶作剧般拍拍你的肩膀，让你措手不及、惊魂难定。

比如昨天夜里去朋友家喝酒，刚下车我就被一阵狂风吹得后退了几步。好吧，事实上也没有这么夸张，但是这样说好像可以显得我娇弱一点。当然，我希望我可以娇弱一点，再娇弱一点，我也希望风可以大一点，再大一点，然后一下就把我吹到12306公里外，你的怀里。

但这也只能是想想而已，此时的我，在离你12306公里之外的大风中，为自己拢了拢单薄的衣物，把身子瑟缩成拥挤的一团。可尽管如此，每一步还是走得很艰难。

K啊，比起夏天我是更喜欢秋天的，都说秋日萧瑟，但秋天却是干脆利落的。秋风飒飒，每个走在落叶大道上的行人的背影，都是一副永远都不会再回头的架势。不像夏天，反反复复，黏黏腻腻，像情人忽明忽暗的脸，又像我们之间想拥抱又忍不住缩回的手。

我总觉得，这世间的爱大多像夏天，却很少有像秋天的。我们总是爱得黏腻，爱得拖沓，一边爱一边怀疑，一边走一边回头。K，你说，这个世界上到底有没有那种坚决果敢，不带任何怀疑的爱呢？

朋友S告诉我，这样的爱是不存在。这样的爱就像是空悬在高处的奖牌，仅供世人缅怀。真实的爱既不高雅也不动听，只要是爱，就必然伴生着怀疑。

“他爱我吗？”“他还爱我吗？”“他真的爱我吗？”说来好笑，这几乎是S小姐每次陷入爱情后最常问的三个问题，也似乎是我们每个人在陷入爱情后最常问的三个问题。

太可怜了，每一颗爱人的心都太可怜了，我们总习惯性地在爱里反反复复地试探，反反复复地考验，反反复复地求证。前一秒或许还在为对方捧过来的爱感到欢欣雀跃，后一秒却会因为对方五分钟没有回消息而战战兢兢地收回这份喜悦。甚至还会有人去算命去占卜，从一个完全不认识你们的人口中反复确认对方的爱。

人类真是太可笑了，即使爱还近在咫尺，即使爱仍握在手间，我们依旧会怀疑，依旧会不确定，我们依旧不会停止从日常生活的经验中寻找一点一滴不爱的证据。我们就是这样互相敲打，彼此磨损，然后亲手把“被爱”变成了如此“悲哀”的一件事。

可是K啊，人为什么总是会对爱感到怀疑呢？

我忘了之前在哪里看到过这样一句话，大概意思是做一只小狗大概要比做一个爱人要来得好，因为小狗从来不会问主人到底爱不爱自己。

很小的时候养过一只小狗，现在回想起来已经完全记不起它的名字了，但却怎么都忘不掉它那双湿漉漉的眼睛。记得每天放学回家它总是摇着尾巴趴在家门口等我。

其中有一次，我像往常一样骑着小自行车回家，也不知道是怎么想的，突然想要炫个技，准备在自行车经过小狗的时候，来一个大转弯。但没想到，我失手了，那辆载着我的小自行车直接整个从小狗的屁股上轧了过去，而小狗呢，因为太过信任我而没有避开。

我还记得当时它“嗷呜”地惨叫了一声就跑开了，而我一个人留在原地心里既抱歉又难过，我心想，这次它一定受伤了，它一定觉得我不再爱它了，从明天开始，它一定不会在摇着尾巴趴在家门口等我了，一定不会再理我了，也一定不会再爱我了。但没想到，五分钟后，它又摇着尾巴回来了，像是什么都没有发生过一样依偎在我身边。

小狗从来都不怀疑，小狗只是默默地爱着，它总是走过来，把它的肚子摊开，把它的整个身子都摊开，把它的心也摊开，把它的整个世界连同它全部的爱都交托给我，哪怕我从来都不曾给过它任何爱的回应与反馈。就像个傻瓜一样。

但是人类呢？K，当我们爱人的时候，我们又在做些什么呢，K？

我们总是在对爱感到怀疑，因为我们对自己有足够的了解，也因为不爱总是比爱更让人信服。

可是K啊，我只相信一件事，那就是——怀疑的人得到怀疑的爱，而纯粹的人得到纯粹的爱。

至于我呢，我想给你像小狗那样的爱。

第二十七封信

让我给你
讲个故事好吗

亲爱的K：

最近，我因为一个长篇的项目，天天在找各种各样的人谈心。注意哦，是“谈心”，而不是“聊天”，因为我所期待的是一场真诚的“摊开”，而不仅仅是聊聊天气而已。

当然，这很难。

其实K，我一贯都很讨厌谈话类的节目。一来，记忆是一种非常具有欺骗性的东西，就像那句话所说的：“它是一位带着太多情绪和偏见的剪辑师，总是擅作主张地留下自己喜欢的东西。”二来，人类是一种非常喜欢“展示”的动物，展示自己的愉悦，展示自己的痛苦，展示自己有的、没有的一切。当然，这并不是说讲故事的人都喜欢伪饰，都不真诚，只是，我们都很难抵抗这种“展示”所带来的注目，更难超越这种注目所带来的优越。

K，这一个月来，我七七八八见了有十几个人，零零落落也听了快二十个故事， 我用录音笔，用文档，用我能想到的各种方式认认真真地把它们记录下来，但说实话，没有一个故事让我的心记住了。

这样的事实，难免让人失望，但是K，我却意外有了一个新的发现：很多时候，讲故事的过程要远比故事本身有趣得多。我沉浸在一场场的对话中，像是一个不在场的第三者，另外一个我正站在某个看不见的角落，静静观察着交谈中的我们。

这样的视角让我觉得分外新奇，也让我从一个急需大量样本的写作者变成了一个的目光炯炯的观察者，一个像海绵一般的倾听者，随时准备着用最蓬松柔软的心去吸纳那些破碎的字符。

K，人和人之间真的是太过不同。你看，有些人喜欢在嘈杂吵闹的酒吧见面，我想，他们或许是想让鼎沸的人声掩盖自己的隐秘的情绪，又或许是想让过量的酒精为自己的表达欲开脱。而有些人呢，则喜欢约在安静的咖啡馆，甚至是更加安静的包间，大概他们习惯把倾听者当成一面不会说话的墙壁，然后独自完成这场告解。

有些人的出场会很热烈，根本不需要我的提问，自己就噼里啪啦一股脑往外倒，就好像一个在水底下憋了很久的人，好不容易探到了水面，要抓紧时间大口呼吸。而有些人呢，却语塞得很，需要我很“用力”，才能拽出只言片语，而且刚一拽出，又快速缩了回去。

有些人的讲述很清晰，有些却很模糊，有些人的语言很疏，有些却很密，有些故事很钝重，有些故事却很轻盈……

我观察着他们，倾听着他们，试图找到一个真正的好故事，可是K，到底什么才是真正的好故事呢?

一个好故事，首先不会是一个完整的故事，一切发生皆为破碎，你所能回忆起来的过往其实都经历了反复的修改，越完整的故事，也就意味着经历了越多的修缮。

我是不愿意听过分完整的故事的，那些类似于“我们是怎么怎么认识的，是怎么怎么相爱的，又是怎么怎么分开的”的故事都太单薄了，这种三段式的表述会太类似于流水账而让人失去探究的欲望。

一个好的故事，就只应该讲述那些不经意的细节，只讲述那些普普通通的发生，好故事与好故事之间看上去毫无关系，是平行发生的，但却会在某些细微的瞬间遭遇重叠。

好故事理应是破碎的，因为我笃信一件事：心事心事，既然是心事，就只能封存在心间，倘若说出口，就很快便会被氧化。爱里最深切的部分都是难以说出口的，真正的故事都只发生在那些尚未被说出口的部分。

所以，它需要倾听者亲自去寻找那些藏在言语背后的东西，亲自去把这个破碎的故事补充完整。

好故事不是诉说者的出口，而是倾听者的出口。他们的故事会唤起我对自己故事的找寻。

比如，当我听到那个男孩坐上新干线从京都奔向千里之外的东京去看爱人的时候，我的脑海里全是凌晨的机场，我把整个行李箱摊开在厕所，冷水拍脸，然后手忙脚乱地补妆，用厚厚的遮瑕掩去眼皮底下的大片青色，拿唇彩当腮红，用眉笔画阴影，假装并没有什么十几个小时长途飞行的疲惫，也没有什么彻夜未睡的憔悴，强打起精神，光彩熠熠地跑向你。

比如，当我听到设计师姐姐和餐厅老板那场充斥震惊与绝望，至今说起来仍无法消解愤恨的争吵时，我想起了那个夜晚，同样是结束争吵的我，独自坐在出租车后座，一直等它开进漆黑的隧道后，才敢默默流下眼泪。

又比如，当我听到Q和T的相遇，在台风中大停电的夏日夜晚，所有人都挤在充当临时庇护所的大厅，门外的大风催云成雨，室内的空气湿热黏腻，他们的目光忍不住地交汇，又怯怯地回避。多好的相遇啊，可我却想到了无数次电影散场后渐渐亮起的灯光，想到了你瞳孔中模糊不清的金色，想到了我们至今下落不明的分别……

K，说到这里，我的故事也差不多讲完了，我想我终于为那个问题找到了答案，到底什么才是好的故事呢?

一个好的故事，是我们每个人都能在故事里找到自己。

只不过，我还有最后一个问题要问你：当你听这些故事的时候，有没有一瞬间，曾想到过我呢?

第二十八封信

爱自己
是终生浪漫的开始

亲爱的K：

有很长一段时间，我都觉得自己无人可爱。

“不爱人”似乎是一件比“不被爱”更可怕的事情。因为被爱的人舒展，但爱人的人却圆满。

又有很长一段时间，我开始给你写信。很多人问我，你到底是谁啊？K这个人是真实存在的吗？

你看，世俗的好奇心总是这么无聊。于是，我也故作认真地无聊应答："有时候真实存在，但有时候也不太真实。"

大家喜欢这样的回答，看上去讳莫如深，可仔细一揣摩，根本什么也没回答，但这当中捋来捋去细细揣摩的时间却已经足够我清静好一阵子。

K，说起来，给你写信的契机实在简单，大概是读到了某位男诗人的诗，准确的遣词忘了，模糊地转述一下，大概是："人这一生，总要写一些永远收不到回信的信。"

事实上，你是一句诗，是本雅明说的"氛"，是这句诗所发散出的光晕，是传说中的"Aura（氛）"。但你说，我又怎么能冠冕堂皇地去和一群人类解释一句诗呢？

很多东西是无法表达的，就像很多人是无法爱的。

可爱的男青年早在很多年前就已经灭绝，有一些因为讲话太大声而丧失了第二性征，有一些因为喜欢穿立领T恤而被丢进了垃圾桶，有一些因为在游戏屏幕前黏了太久而完全抠不下来，有一些因为服用了太多口红而身中剧毒，而剩下的那些呢，比陈年的鱿鱼干还难嚼，咬多了腮帮子疼。

别笑，我知道你一定已经忍不住开始大笑，倘若在我面前的话，大概已经笑得四仰八叉，笑成一个剥开的小橘子。K啊，可爱的男孩该是你这样的，只可惜，这样的男孩大多数时候都不太真实。

以前的我总觉得，有人可爱的人生才是圆满的，为了这一份圆满，我曾很努力地去爱别人，很努力地把对生活的期待，把对人生的希望全寄托在另一个人身上。

“去爱一个人的话，我应该就不会再孤独了吧。”
“去爱一个人的话，生活应该就会好起来吧。”
“去爱一个人的话，我的人生应该就会截然不同了吧。”

但可惜，恋爱并不是消解孤独的办法，再好的爱人也无法把自己乱成一团糟的生活好好捋顺，折叠，规规整整地放进一个个格子间。勉强地去爱一个人，不过是给自己打上一阵时效有限的致幻剂。

而我，也是在磕磕绊绊冲出去撞了很多次南墙之后才发现，我要努力去爱的那个人不应该是别人，而应该是我自己。

K，“爱自己才是终生浪漫的开始”。我现在觉得王尔德的这句话抵得上世间所有的真理。

大多数人都和我一样，总是一心想着去爱别人，却常常忘了自己。

我们明明可以对别人很宽容，却偏偏要对自己万分刻薄，常常觉得镜子中那个身体又胖又丑，动不动就饿它，体罚它。

我们明明可以放过任何人，却唯独不能放过自己，常常在遭受了质疑与误解之后，第一时间先责备自己。“如果有人不喜欢我，那我也要站在他那边，和他一起讨厌自己。”

我们从来不问自己的胃累不累，就拼命给它灌无数的酒精和垃圾食品；我们从来不问自己的身体困不困，就拖着它陪自己熬到两三点；我们从来不会想到，自己身体里的千万个细胞是怎么拼尽全力在时时刻刻保护着自己。

我们总是想着去爱别人，却忘了那个至死都陪伴着自己的人，那个任何时候都不离不弃的人，那个全世界真真正正最爱自己的人。

自己。

诶，真是不能再说了K，面对自己，我第一次觉得既心疼又心软，但更多的是抱歉，是愧疚。恍然间，我还记起了之前有个女孩在微博上写给自己的誓词，她说：“我要宣布和自己恋爱，以后都会好好爱这个女人，给她最好的生活，给她全世界最好的温柔和关爱。在我眼中，她是完美的，是无与伦比的，值得拥有最好的一切。从此以后，我会爱她，信任她，宠溺她，不让任何人伤害她。”如果可以的话，她说，甚至想和自己结婚，给自己买最美的婚戒。

这简直是我见过最浪漫的告白和情书。

K啊，我羡慕她这股如细雪般的温柔，羡慕她的勇气与觉悟。我只希望现在还来得及。我已经决定不再向外追寻了，我要转身回去拥抱自己。

而你呢，你到底是谁？K，我似乎也渐渐想明白了这个问题的答案，有时候你是一个人，有时候是很多人，但更多的时候，你是我自己。

而我写给你的所有情书，都会成为我爱自己的注解。

第二十九封信

假如生命
只剩短短一小截

亲爱的K：

回想2018年的前半年，过得实在糟糕。因为身体的缘故，生活遭遇了一场彻底的大刹车，无法工作，甚至无法继续日常生活，每天只能不停奔波于各个医院，一时间恐惧和慌乱双面夹击，把我煎得内外焦灼。

直到有一天，我在医院等报告，独自坐在拥挤又空旷的医院大厅，突然有个想法在脑海里一闪而过：倘若只剩三个月生命，我会去做些什么呢？

这个想法如同深渊，我一边喊住自己绝对不能失足掉落其中，一边又忍不住通过各种臆想试图填满它。到底，我会怎么安排这短短的90天呢？

首先，我大概会立刻停止手头上的所有工作吧。微信，微博，各式各样的社交软件也全部停用，它们已经占用了我太多的时间，我已经不愿意再多花任何一秒钟在它们身上了。记得曾经有人说过，如果自己死了，要记得在死前注销所有的社交账号。这样的观点我是不认同的，我甚至都不愿花费任何时间用来注销它们，不重要了，都不重要了，它们存在或不存在，看到或不被看到，根本都不重要。

然后呢？然后我还能做些什么呢？这样一想，三个月的时间还是太过短暂了，根本来不及体会一场炽热的恋爱，来不及生养一个可爱的小孩，更来不及告诉他那些如何像妈妈一样把生活过得一团糟的道理。

我能做的，大概只有和许久未见的老朋友们见见面。坐下，吃饭，交谈，起身，离开，再次一起走过那些熟悉的道路。同时，也记得要认真打量他们，打量他们说话的神态，打量他们脸上每一处瑕疵和每一道细纹，一如打量我们共同拥有的过往。

当然，还有最最重要的一件事，那就是回到家人的身边。不需要做什么特别轰动或者特别深刻的事情，只需要像回到童年一般，回到他们身边，陪他们去菜市场买菜，陪他们在每顿晚饭后散步，陪他们做每一件细微而琐碎的事情。

K，这就是我内心深处最真实的想法，我既不想跑去到处旅行看这世界的广博，也不想去尝试那些自己从未尝试过的疯狂事物，我只想静静陪在家人和朋友身边，然后把这最后三个月的时间“浪费”掉。

很奇怪吧，K，当生命只剩下一小截的时候，那些我们平常所沉迷的汲汲营营的生活，反而是全都可以被随时抛下的，我们只想把最最宝贵的时间投掷在那些看起来最不重要的事上。

想到这里，我又不禁觉得很好笑，究竟什么是重要？什么是不重要？其实根本没有人知道。

K，我们总是因为生病，因为那些突然降临的意外，才能感受到生命的存在。就像有人曾说过的，上帝常常会把一些东西从我们身上拿走，从而提醒我们拥有过什么。

凭着这一点，我有理由相信，那些真正打心底里热爱生命的人，是感受到了生命所拥有的那种“随时会消失”的气质的人。

就像我的朋友L，曾经的她也和我们每个人一样，拥有着轻盈到让人常常忽略它存在的生命，直到这样的她在某个时刻遭遇了有些沉重的意外。

如今的她，已经拖着这个沉重的意外走了许久，回想这一切，却不再像当初那样觉得愤懑，甚至还会觉得庆幸，觉得感激，她说，那个沉重的意外成了她生命里的锚，当别人的生活正面临着随时都会脱轨的危险，她却因为这个“锚”而被稳稳拴在一个平稳而安全的轨道上。

那场病成了她生活的减速带。

从那之后，她变得缓慢，变得释然，变得心平气和。真正的绝望带来彻底的平静。她慢慢学会尊重自己的身体，学会照看自己的内心，学会和自己变得亲密。

K，或许又有人会说“假如只剩三个月生命，你会去做些什么呢？”这只是一个伪命题，但我却觉得，一切伪命题只有在当它尚未成为真命题的时候去解决它，这一切才有意义。

而解决这个问题的关键在于回答两个问题：

究竟我们应该怎么看待死亡呢?

我们不能把死亡当成终点，而是应该把它一种尚未抵达的中途状态。

究竟我们应该怎么看待生活呢?

这个问题让我用纳博科夫《小矮人》里的一段话来回答你吧:

每一个日子分属于不同的、最最幸福的人，其他人或享受它赐予的阳光，或抱怨它泼散的雨丝，但从不知道这一天究竟馈赠与谁，而那个得到赠予的幸运者为别人被蒙在鼓里而觉得好笑、感到高兴。

任何人都无法预见哪一天是赠给他的,这天哪些琐碎小事——或是临河宅墙上映出的粼粼波光，或是一片随风飞舞的枫叶——会使他永远铭记心头。

K，只要还活着，那么每一天都是上帝赠予我们的，我们所遇到的每一阵风都是礼物，每一缕阳光都是惊喜。

第三十封信

你爱什么都好

亲爱的K：

好久没给你写信，今天突然出现，是不是吓了你一跳？可我啊，不仅要突然出现，还要一上来就劈头盖脸问你个问题："你都爱些什么？"

先说清楚，这个莫名其妙的问题的答案不能包括我。一来，我并不愿意被放进任何被动的答案里，这样显得不真诚；二来，我已经这么自大了，你可不能让我太骄傲呀。

如果你一时间还想不出来的话，那就让我先来猜猜你的答案吧。你爱玩游戏，倘若这个世界上没有出现一个我的话，你的性取向说不定都会变成游戏机。诶，也说不清这是好事还是坏事，毕竟我没有自信会比游戏机更好玩。你爱拍照，喜欢把眼前的树，天上的云，把一切出现在你眼前的风景都用自己的方式修剪出来，你低头研究每个物体的纹理与光影，调色，冲洗，从人生这场没有回放的电影里截出自己喜欢的图案，专注又认真。

K，你知道吗，每当这个时候，我就会特别羡慕你。真的好想过你这种拥有很多爱好的生活啊。

说出来你可能不信，我是一个几乎没什么爱好的人，起码在前二十几年里，我从未对任何一件事灌注过持久的热情。

我也从来没觉得这是一件多么严重的事情，顶多每次在填写那种无聊表格的时候，得咬咬笔头在爱好和特长那几栏停顿很久。

但最近我却不这么觉得了，没有爱好的话，就会丧失热情，一旦丧失了热情，生活便存在着随时都会脱轨的可能性。

K，你还记得吗，在我们上中学的时候，学过一个词语叫“熵”。宇宙是熵增的，也就是说，世界上的一切事物都在越变越混乱，当然，也包括我们的生活。

我是这个理论的忠实拥护者，毕竟我常用它来解释“耳机线怎么就莫名其妙缠在一起？”“几天没打扫，房间怎么就乱成了这样？”之类的世界未解之谜。

就像毛姆老头说的“宇宙间的一切力量都在处心积虑要把牛奶打翻呢”，可面对打翻的牛奶，面对越变越糟糕的生活，光坐在地上哭是一点用都没有的，起码也要一边哭一边使劲把屁股往前挪一挪。

再不济，也得把手伸得高高的，好让你把我抱起来对吧。

当然，和你说这些并不是为了撒娇耍赖，只是，我忽然间觉得，自己似乎应该在混乱的生活中找到某种秩序，应该在一片混沌中找到某种稳定。

究竟怎样才能做到这些呢？

答案很简单：要么革命，要么自洽。

但没有强大外力的驱动，革命是很难发生的。这么看来，我们对抗混乱的唯一途径便是自洽，而自洽的内核便是“有所热爱”地去生活。

K，这就是为什么我会这么羡慕你的原因。

假如可以像你一样，几十年如一日地打游戏、拍照，并且丝毫不厌倦，也是好的啊。起码游戏机、相机，永远诚实，永远不会离开你。起码在这个纷繁虚弱的世界里，你有两处可以栖身的地方。

假如可以整日泡在健身房的话，也是好的啊，或许在外人眼中，那些机械化的体力输出是一种煎熬，但对于真正把这件事当作爱好的人而言，每一个动作都很畅快，每一滴汗水都是充盈。

假如可以沉迷追星的话，也是好的啊，“沉迷”，多美的一个词语啊，就像那首粤语歌所唱的：“不可以沉下去，总可以迷下去。”太过清醒的话，会常常不知道如何是好。人生最幸福的，难道不就是找到一处温柔之地，然后不管不顾地陷进去，再陷进去吗？

“爱豆”这个词就更美了，简直比“偶像”之类的词语要美上千倍，万倍。所爱之人啊，是被你捧在手心的一颗小豆豆，只要攥紧了，捏牢了，在你掌心的宇宙中，他便是专属于你一个人的太阳。

甚至，我都好羡慕那些拥有一堆所谓“不良爱好”的人，哪有什么良不良的，只要它让你拥有了热烈地去追逐某样东西的冲动，拥有了热腾腾地投身到生活中去的激情，那这件事便是好的。

拥有爱好的人，就像是得到了生活所赐予的创可贴，他们用自己所爱之事，赋予了原本空洞而虚无的生活，以他们自己的意义。

K，我突然明白为什么要称之为“爱好”了，因为爱会让人变得很好，会让生活变得很好。

而且，我妄自揣测，这里面还有一个意思——你爱什么都好。

所以，去爱一些东西，去爱一些人吧，哪怕是假的，这样的生活也一样值得过。

第三十一封信

可以吗？
不要忘记。

亲爱的K：

常有人问我为什么要写这些情书？为什么要在这里絮絮叨叨琐碎的日常？为什么要把这些根本无法送到你眼前的字句空悬在这里？

答案真的很简单。因为如果不写的话，这些恍惚又遥远的心情就会消失。因为如果不写的话，你就会蒸发。

K，如果说在这个世界上还有比爱上你更让我感到害怕的事情，那就是忘了你。

你说我会忘了你吗K？就像我忘了曾经每天都要登录的社交网站的密码，就像我在回答自己亲自设置的安全问题的时候，彻底想不起来自己“上小学时候最好的朋友的名字是什么”，就像我在听到某个故人的名字后，完全记不起来他的长相，就算把他的名字在嘴边绕个几遍，也只剩下一种陌生又熟悉的怪异感觉。

就像我在日记本里写了无数遍“今天真是让人难忘的一天啊”，到头来没有一天能想起来；就像每次社交网站弹出“去年今日”的提醒，我却只能和那些明明是自己亲身经历过的生活面面相觑；就像我曾拨打过无数次的初恋家的电话号码，现在却陌生到连前三个数字都记不起。如今的我什么都忘记了，只记得自己恶狠狠地说过，“我永远不会忘了你”。

K，你不知道你是否也曾有过这样“突然想起才意识到自己居然忘了”的时刻，是否也曾有过这样“在忘记的时候才意识到自己居然曾经拥有过”的心情。每每我被这些时刻击中，都会感到一种巨大的沮丧和失落，甚至会有一瞬间觉得，我再也不想继续信任我自己了。

曾经我以为，人是根本没有办法处置自己的记忆的。因为活着就是一场逃亡，还是那种步步紧逼的生死逃亡，你一边奔逃，身后的路就会一边塌陷。

我们都是这样，没有来路地活着。

我们都是这样，丢掉了记忆，走向人群，然后，我们便很快老去。

这样的想法真是太让人悲伤了，曾经的我就是这样悲伤地以为：我们终究会互相忘记的，终究会彼此辜负的，这就是人和人之间必然的结局。

我以为这样的事实就已经足够悲伤了，但我却忘了，在这个世界上还有一件事比互相遗忘更加残忍，那就是到最后只剩我一个人记得你。

在我很小的时候，因为一场意外失去了很亲的亲人。所有人都很悲伤，我和我的家人都很悲伤。我以为我们的悲伤会持续很久，我以为我们会记得他很久。但很快，大人们就迅速归于平静了，他们收拾好心情继续向前走，只有忘不了的我还无助地站在原地。

那个时候我都不敢大声哭，都不敢让大人看到我的眼泪，有时候想起他了，就只能在做作业的时候把头埋在书本里悄悄流泪，就只能在关灯之后抱紧枕头盖上被子来降低哭泣的声音。就好像，我的悲伤是一种不合时宜的打扰，我的哭泣是一种没有分寸的犯规。就好像，那个记性比较好的我是全世界最最没用的人。

K，你说，上帝在造人的时候，会不会用不同的材料打造了人心？所以有些人的心比较软，有些人的心比较硬。相同的日子擦着我们的心经过，却在那些更柔软的心上留下深浅不一的印痕。

幸福的人大概心都比较硬吧，他们一边前行一边抛弃，他们忘了，彻底忘了，便也不会意识到自己究竟失去了什么，更不会感觉到失去的痛苦。于是，他们就这样盲目而轻盈地活着，盲目而轻盈地幸福着。

这样想来，记性好真是一种残忍的禀赋，成为一个记性好的人真是一件很不幸的事情。

可哪怕是这样，K，我想我依然不愿意忘了你。

尽管，我还不知道自己怎么敢如此勇敢，但我希望能永远记得你第一次见到我时的样子；我希望哪怕是站在很远的地方，也能一下把你认出来；我希望能永远想得起自己爱你时的心情；我希望你能成为那些被遗忘岁月里唯一明亮的证据。

如果说，在我们之间注定有一个人要忘了对方的话，我希望我成为被遗忘的那一方，因为忘记的那一个才比较幸运。

K，我突然想重新回答一下那个问题：“当你很爱一个人的时候，是怎样的心情？”

当我很爱一个人的时候，会希望他成为一个心硬的人，一个记性很差的人。

所以K，记得你这件事，就交给我来做吧。

第三十二封信

巨大的空洞中的明亮一刻

/ / /

亲爱的K：

最近有一件事让我觉得特别开心，我的好朋友终于要回国了。

这是我们相识的第十三个年头，十三年，大概是普通人五分之一人生这么长的时间。但回想起来，成年之后的回忆都是模糊的，大多数时间里，我们各自远扬，在两个遥远的地方分头生活着，汲汲营营，又不可终日。

昨天夜里梦见她，站在熙熙攘攘的进贤路口送我，我坐在出租车的后座，回头看她。她就站在那里，人群像鱼群一样离开她，流动的背景下，她是唯一静止的画面。

说来神奇，我们明明相识了这么多年，可每次想起她，我都找不到任何具象的、连贯的回忆，我对她的印象几乎全部停留在某些细碎的时刻，比如一起旅行时，夜间火车的玻璃暗窗上倒映出她明明灭灭的侧脸；比如夏日午后，刚从泳池爬上来的她，总喜欢把湿漉漉的头发一甩，不怀好意地让水珠溅我一脸；比如很多个秋天的夜晚，我们坐在大学校园的湖边聊天，会有柳絮像雪花一样飘来下，扑入我们的怀抱……

K，我最近时常想起一些人，比如她，又比如你，当我回忆起你的时候，也想不起什么庞大的爱恨，只能想起潮湿的手心和灯下的亲吻。似乎是那些稀稀落落的瞬间，才让记忆中的你有了形状。

你们就是这样，总是以一些闪回式的片段出现在我的脑海中，或许是某个轻轻浅浅的时刻，或许是某件细碎无比的小事，看上去无足轻重，却刚好能够完美地嵌入到我对你们的回忆中。

但是K啊，我想说的并不是“回忆”，更不想和你探讨我是不是失忆了的问题，我想说的是“瞬间”，还有藏匿在瞬间里的那些细碎的美好。

记得小的时候，我第一次拿到有快进按键的遥控器，我脑子中就有了一个念头：如果我们的生活也可以快进的话，那该有多好呀！

如果真的可以这样的话，我想把上学的时间全部快进掉，然后直接跳到每天放学之后的玩乐时光；如果真的可以这样的话，我想把春秋冬季全部快进，然后永远生活在有冰棍有暑假的夏天；如果真的可以这样的话，我甚至想把整段年少时光都快进，然后赶紧去长大后的世界看看。

而近来，这个“快进生活”的念头又降临到了我的脑海里，如果可以的话，我还是愿意把那些索然无味的庸碌日常全部快进掉的，我还是愿意只活在那些巨大空洞的明亮瞬间里的。哪怕这样，时间会过得很快，哪怕这样，人生会变得很短，我还是愿意的，K。

回想刚过去的一整个冬天，对我而言，只是一片巨大的空白。虽然这样说会显得很绝望，但却也是事实。在我看来，生活中大多数的时间都是不值得过的。倘若时间能够倒回，倘若我可以让2018年的冬天重来一次，我只愿意去到其中一个夜晚，去到那个在潮白河岸的夜晚，那个看起来徒劳无功又很不精明的夜晚，那个只有灰蒙蒙的尘土和局促难走的泥地的夜晚，那个甚至还混杂着动物排泄物味道的夜晚。

但也是在那个夜晚，我在凌晨三点的北京郊外，一抬头就望见了整片稀疏的星空，记得还有微弱的星光从漆黑沉闷的夜空中奋力照射出来，它们这么灿烂，这么美好，就如同我晦涩生活中那些断断续续的明亮时刻。

我一下就觉得，其他时间大概都是不真实的，都是不值得过的。我只要拥有那个夜晚就够了。

K，常常会有人说，觉得人生如白驹过隙过于短暂，但我却觉得人生是过于漫长的。我们以为自己活了一生，其实我们只活在某些时刻。

要知道，瞬间是比永恒更加确凿的经验。

倘若把那些不必要的时间全部快进，只留下那些明亮的时刻，那么，我们的人生可能就只剩下一周，只剩下一天，甚至一个小时。

可是K啊，在我看来，这样的人生，虽然短暂，却是足够美好的，却是值得过的。

第三十三封信

神什么都不知道

亲爱的K：

展开这封信前，我要先提醒你一件事：请务必慢慢读这封信，最好是先舒缓一下眼睛，再继续往下看。倒不是说这封信写得有多意蕴深刻啦，只是，当写下这些字句的时候，我正坐在一艘疾驰的快艇上，快艇你知道吧，就是那种小而迅猛的船只。

此时此刻，我正被这艘小小的快艇抱在怀里，而它也被大大的浪环抱着，上下狂颠。于是，很不幸的事情发生了，我晕船了。

晕船的滋味并不好受，比喝醉更沉闷一点，但比晕车要更荡漾一些。我能看到舷窗上有水花不停拍打上来，外面是雨天，但我分不清这究竟是雨水还是海水。

K，你知道的，人在喝醉后总爱说些胡话，我现在的状态也差不多如此，忍不住想与你说一些话，但说出来的话却也是晕乎乎的，像被外面浪头拍过一般，模糊，漫漶，满是乱糟糟的水汽。

今天我之所以坐船，是为了去另外一座小岛上拜佛。虽然“拜佛”听上去一点都不酷，但坐小船上岛，又坐着小船离去，这件事，就还挺浪漫的。

但你也千万不要误会了，并不是你心中所想的那种闲适，轻松，能够让心灵瞬间得到净化的曼妙旅程。说起来，还有些许沉闷乏味，毕竟要在家中长辈的要求下“做许多功”，比如徒步行走。冒雨上山、三拜九叩……当然，“做功”，也是他们自创的说法，因为他们笃信：付出得越多，越能显示心诚，所求之愿能成真的概率便也更高。

K你知道吗，上山的时候，雨一直在下，肉眼不可分辨的雨丝像扬尘一般飘在空中，不好打伞，却能湿衣，这样的雨实在太讨厌了，因为它让上山的路变得十分难走，湿哒哒，滑腻腻。不过，幸好山林中有股莫名凛冽的清凉气味，这才稍稍平息了一些我烦躁的心绪。

在路过一段转弯的石阶时，我看到前方有一个女人的身影，瘦削纤弱，穿着简朴，发髻高盘，正一步一叩向山上行进。K，我想你大概不知道什么叫一步一叩，这么说吧，就是你每走一步，都要跪下，在青石板上叩一个头。

一般会这么做的人，都是发了大愿的，比如家中有至亲患了大病，攸关性命，才会如此狠决，用几近自残的方式来向神明乞求垂怜。毕竟对于我们平常人而言，光是徒步上山，就已经用尽了所有的气力。

我边在心中暗自猜测她的身世，边小步赶超上去。却没想到，在超过她的那瞬间，一回头迎头撞上了她的目光。

那是一张底色布满悲戚的脸，目光中悬浮着一团团凝固的乌云，只有额头上磕出的血渍是鲜亮的，让人心惊。我没想到会有这么四目相对的瞬间，下意识把视线缩回，下意识觉得冒犯，就好像是撞见了什么不该看的东西。

K，他人的苦难让我无言，更让我觉得无力。我没有任何能做的，只能加快步伐上山，以免再和这个女人打上照面。

却没想到，我们在山顶庙里的斋堂再次遇见了。

二次相见，没有第一次那么触目惊心。她正独自坐在桌前，吃着一碗热汤饭。

K，你知道的，山上的物资缺乏，每天的食材都要费尽千辛万苦运送上来，加之素斋本就讲求简朴，能选择的余地就更少了。所谓热汤饭嘛，也就是寻常的白米饭，上面浇一大勺带汤的素什锦，有白菜、木耳、粉丝，炖得烂乎乎，煮得热腾腾，滚烫的汤汁泡着暄软的米饭，很简单的平凡滋味。

在斋堂吃饭，说话是很忌讳的事情，大家都沉默着，把头埋在碗里大口吞咽。我怀抱私心，忍不住抬头偷看斜对桌的那个女人，只见她吃得格外认真，还起身添了两次饭，眼里眉间的悲苦神色消解了不少，明明被雨沾湿的衣服又湿又冷，但碗里的那团热气却像是裹住了她哆哆嗦嗦的身体。

我受到感召，也忍不住端起碗，喝了一大口饭汤，霎时，五脏六腑被这口热汤熨烫得服服帖帖。我大概都懂了，她的悲伤，在这一瞬间，被那碗热汤饭给短暂地救赎了。

K，说到这里，你一定已经懂了，今天我想和你谈论的，既不是神明，也不是迷信，而是“救赎”。

K，在回去的路上，我的脑海中一直萦绕着那个女人吃热汤饭的样子，她让我想起了卡佛有个短篇叫《一件很小，很美的事》，讲的是一对夫妇的小孩突然死了，他们去蛋糕店取原本要用于给孩子过生日的蛋糕。

满怀歉疚的面包店老板邀请他们尝尝他烤出来的面包："他们当然还是非常悲伤，但是这个时候突然觉得好饿，就把面包塞到嘴里拼命地吃起来，那个面包又热又暖。她咀嚼着那个面包，竟然停不下来。"

"他们拼命地吃着，然后他们一边吃着一边听着面包师傅，站在那儿跟他们讲着，他人生多么的疲惫，多么的孤独，以及对于这个世界整个的茫然。"

"面包店里的灯光亮着像白昼一样，慢慢地窗外的天光也明亮了起来，就是到早晨了。但是他们浑然不觉，也一点都不想离开，就是坐在那儿吃着那个热烘烘的面包。"

哪怕在面临了丧子之痛后，能吃到一个刚烤出来的热面包，也是一件很小很美的事啊。

K，我相信你能明白我所说的这种心境吧，有些冷淡，又有些柔软。

K，你说这世上真的有神吗？所谓业力、轮回、命数，真的存在吗？

如果真的存在的话，为何我们还要汲汲营营一生，历经如此多的苦痛折磨？

如果不存在的话，那我们又应该要仰仗些什么呢？

这个问题曾困扰我许久，我一度悲观地相信世上有神，但同时也相信自己并不会得到它的庇佑。

可如今，我却发现，真正的神分明是日常生活中的一草一木，一饭一蔬，一件很小，很美的事情。它们从不高高在上，却永远给我们最实际的安慰。

K，我想，慈悲不应该是神的情感，而应该是人的情感。

总有一天，我们也会找到属于自己的那一碗热汤饭，那一口热面包。

第三十四封信

如果，我所爱的一切
都会伤害我

亲爱的K：

最近我对一些东西上瘾。

比如，我喜欢在早晨起床的时候就给自己灌上一大杯冷萃咖啡，冰冰凉凉的苦涩滋味顺着喉头一淌到底，就像是有一条支流逐渐汇入了我身体里的大河，于是，我便拥有了开启一天的崭新能量。

比如，我喜欢的初夏的夜里散步，这时候的风熟熟的，热热的，很散漫，很开阔，走在路上，偶有花香袭来，很像我对你的想念，并非时时刻刻，只在某些恍惚的瞬间。

比如，我爱上了一种食物，叫摩德纳黑醋。你也可以纠正我，这是调料，并非食物，但你不知道，我有多迷恋那股醇酸滋味……

好了，说到这里，我决定停止，因为再多想一秒，舌根便又要忍不住开始发酸。再比如，我在这个时候又立马想到了好几个比如。

可是K啊，听我说了这么多个看似美妙的“比如”，你是不是也忍不住心生羡慕？如果真是这样的话，那我决定和你坦白：事实上，这一切都没有你想象中那么棒。

我没告诉你，咖啡所带来的兴奋感是短暂的，更多的是，长时间的心悸和彻夜的失眠；我没告诉你，初夏的风是舒爽的，但里面却裹着漫天的柳絮，会让人的皮肤立马开始红肿。

我也没告诉你，我有很严重的胃炎，并不适合过量食用黑醋。

你看，K，好像，我所爱的一切最后都会伤害我。

这件事就如同诅咒一般，我们所爱的事物，到头来，都会以各种各样的方式来伤害我们。K，有很长一段时间，我都觉得人类是一种很可怜的小动物，想想我自己，再看看身边的朋友们，有人瘾咖啡，有人瘾酒精，有人瘾烟草，我们所要的，其实不过是从某些事物上获得那么一丁点细碎的安慰。

但可惜，事与愿违，所有的一切都不能给予我们持续的，真正的安慰。甚至，到头来，它们还会伤害我们。

“我们不停爱上一些东西。”我想，这句话真正的意思是说，“我们总在不停寻找各种伤害自己的方法。”

“爱一样东西，就赋予了它伤害你的权利。”

于是，更多的人不敢爱人，因为爱人会受更大的伤，就如海南话里所讲的那般直白，他们不说“我爱你”，只说“我瘾你”。

“我瘾你”，这三个字就足以说明爱情制造出巨大的幻觉，让人上瘾，让人沉迷，更可怕的是，就像世界上的其他瘾一样，爱情消亡之后也会产生无比痛苦的戒断反应。

这种戒断反应的名字叫失恋，我想大多数人也都尝过它的苦涩滋味。

那么K，想要不受伤的话，应该怎么办呢？是不是就应该斩断所有的“瘾”，抛弃所有的“爱”，把自己装到一个密不透风的铁盒子里呢?

曾经的我确实这么认为，但后来，我发现自己自始至终都没有分清什么是虚假的沉迷，什么是真正的沉迷。虚假的沉迷是肤浅的刺激，是暂时的躲避，是难以填补的空虚。

但真正的沉迷是身心合一的投入，是忘我，是治愈。

K，你知道吗，在这个世界上有一种无比美妙的状态叫“心流”。

如果用书里的话来解释就是：“当你做一件事的时候，你感觉自己完完全全在为这件事情本身而努力，就连自身也都因此显得很遥远。时光飞逝，你觉得自己的每一个动作、想法都如行云流水一般发生、发展。”

比如你爱一个人，你不是为了排解孤独而爱，不是为了填补空虚而爱，你不期盼这件事能为你的生活带来什么效益，能为你的人生带来什么改变。

你所爱之人也不是从众的选择，更不是别人强加于你，他是你发自内心的认可。你只是爱着，这一切行云流水，自然而然地发生着。

你不知道自己为了什么在爱，也从不去想自己为了什么在爱。

但你知道这一切很值得，并且想让自己的一生都停留于此。

K，我必须向你承认，我错了。虚假的爱才是瘾，才是幻源，才会带来伤害。

但真正的爱，它是另外一样东西，它会带来心流，带来幸福。

K，如果不想受伤的话，应该怎么办呢？答案绝不是不爱，而是忘记自己。

K，当我忘记自己正爱着你的时候，我最爱你。而当我忘记了自己的时候，便再没有人可以伤害到我。

第三十五封信

/// 再没有人相信缘分

亲爱的K：

很多年前，我听过一首歌。

那时候还小，听歌从不听歌词，觉得旋律美就够了，满心满耳都是少不更事的轻佻与高傲，不屑被任何歌曲里的情绪染色。再感伤的歌曲，也可以哼出上扬的曲调。

很多年后，我又听到了它。

而我正被堵在拥挤的东三环路口，身侧的司机不停抱怨着交通，车厢气氛尴尬，充斥着一种比天气还要干燥的愤怒。我很不耐烦，大力地移开车窗，暴躁地希望夜风可以快点吹进来。

就是这么一个完全不浪漫的时刻，电台广播里突然传来她的声音，瘦瘦的，冷冷的，很熟悉，唱的是她生前最有名的一首歌，“原来缘分是用来说明，你突然不爱我这件事情。”

就是这么一句，令我浑身震颤，竟然不自觉就流下了眼泪。

K啊，或许是我泪点低吧，但确实，我已经不是第一次听到这首歌时的那个我了，我被揉得皱巴巴，一颗心千摔万打，别人唱什么，都觉得是一字一字砸在自己心上。

“原来缘分是用来说明，你突然不爱我这件事情。”

K，你说，世界上真的存在“缘分”这个东西吗？到底什么才是“缘分”呢？

仔细想来，我对待“缘分”这件事的态度，好像也如同听歌一般：小的时候，全然不信。长大之后，那颗顽固抵抗的心却在不停松动，信一下吧，还是信一下吧，信一下的话，心里也能好受一些。

于是，当爱人离去，我告诉自己：“是我们的缘分尽了。”

这么一说，便立马产生了某种宿命感。人怎么可以对抗命运呢？不可以的。所以只能接受，只能臣服，只能让想走的人走，只能说服自己放手。

但可惜，我终究还是无法哄骗自己。

不管说多少次“是我们的缘分尽了”，我还是会清醒地意识到，这样的一厢情愿并不是迷信，而是懦弱。就好像那些无法接受至亲离去的人，会信“灵魂”，会信“来生”，因为只有这样，他们才能躲进自己为自己编造的故事里去，才能暂时忘记现实的伤痛。

同样，笃信“缘分已尽”的人，也不过是无法接受“不爱”这件事罢了。

因为“缘”就是“爱”。

K，我想我终究还是懦弱的吧。因为无法把“不爱了”这三个字坦然说出口，所以只能绕开它，换一个词——“缘尽了”。把这看似必然的离别赖给缘分，赖给命运，把自己无从挽回的情感寄托到那些难以解释的神秘力量中去，似乎只有这样，自己的心里才会好受一点。

这样懦弱的人当然不止我一个。我常听见有人说，缘分有好有坏，好的缘分叫正缘，甚至还有人说，人一生会有很多很多正缘，错过这个，还有下一个。

在他们口中，缘分俨然成了一个概率问题。我们可以用一个既定的标准，把遇到的人清清楚楚分成两个子集——可以的与不可以的。

人们纷纷为这样的理论欢呼，并且觉得庆幸：自己会有很多命定的爱人，自己这一生便不会错过。

但是K啊，为什么我听到这些说法的时候，却感到更难过了一些呢？

在我的备忘录里，一直记着这么一句话："我由布鲁塞尔坐火车去阿姆斯特丹，望着窗外，飞越过几十个小镇，几千里土地，几千万个人。我怀疑，我们人生里面，唯一可以相遇的机会，已经错过了。"

我记下它，是因为我从这句话里，真真切切领受了爱情的美。

K，我想，爱情最美的，就是它的唯一性。

"唯一性"这三个字，带着一种谁都无法取代的危险气质。因为这世间只有一个，所以我们可能会错过，我们可能终其一生都无法遇见。我们怀抱希望，又承受落空。爱很美，这件事也很美，让人心碎，也让人感动。不，K，或许那都不叫感动，而应该称之为“某种天启般的震颤”。

所以K，世界上到底有“缘分”吗？

我想，是没有的。缘分，不过是孱弱的人类为自己编造出来的谎言。

所谓“缘”，不过是“爱”。而“缘尽了”，其实就是“不爱了”。

可总有一天，我们都要学会接受这件事，接受爱人不爱，接受朋友走散，接受亲人分离，接受书信的终结，接受我再也无法像现在这样和你说话，接受你逐渐从第二人称变成第三人称。

可如果真的到了那个时候，我还是希望你能记得：爱的美是因为爱是唯一。爱的美是因为爱会消失，爱会破碎。或许悲伤是因此而来，但感动却也是因此而来。

不应信缘，不应信命，站在废墟般的人生面前啊，无论何时，我们都应该纵身一跃。

第三十六封信

运命时刻

亲爱的K：

我似乎无法想象自己和你一起来东京这件事。

这里的街头不适合大笑，不适合拥抱，不适合做任何稍稍亲昵、稍稍热烈一点的事情。

进入东京的心情，就像是下雨天独自在家看一本喜欢的书，就像是在冬夜静静等待一锅热汤煨好。好像很平静，好像并没有什么情绪，但总有一些东西，像果冻一般颤巍巍地挂在心里。

这是一种很私人、很偏颇的情绪，是无法与任何人分享的心情，我把它称之为“运命时刻”。

“运命”“运命”。你大概不知道，日语中的“运命”其实和中文的“命运”是一个意思，但我总觉得，“运命”更像是个动词。旅途中，总有很多个“运命时刻”突然降临，让我不禁产生这样的错觉：倘若我有超能力，我愿意让自己的一生都停留于此。

记得刚到东京的第一天，天就开始下雨。

东南季风越过山脉而来，潮汐成为雨水，更加温柔地舔舐这座岛屿。教科书上说，这叫温带海洋性季风气候。但我看到，伞的边缘有水珠飞过，在地心引力的作用下展现出无比优美的弧度。

这座岛屿，开始进入漫长的雨季。

湿润的雨季消解了我和这座城市的距离，漠然的东京突然展现出某种松弛的面孔。

我背着电脑，一路从原宿走到下北泽。算上迷路的时间，走了快两个小时。这个时间听上去很长，但实际却在抬头顾盼四周的分神中被稀释得很薄。倘若一座城市，街道干净洗练，建筑精致有序，连行人都姿态好看，那么它就很适合用脚步来丈量。

说起来，和亚洲其他城市相比，东京更像是一座JPG格式的城市。初来东京的时候，就被东京人的“静态性”给震慑到了。我很难用语言来形容这种静态性。哪怕他们步履多匆忙，背脊时刻挺着一样的直角，步子永远迈出一致的间距。

大多数人都面无表情，长着一张土象星座的脸，十分低碳环保。

偶有和他们目光相触的瞬间，我都会在心里暗自设想：“我看上去像不像日本人？”“他们会把我认作日本人吗？”想着想着，便忍不住微微挺起背脊，把脚步放慢，并且刻意控制自己的步伐。

是不是很傻呢？但就是这样，一路上，我都在心里和自己默默玩着“扮演日本人”的游戏，四五公里的路程，竟变得很短，随便走走就到了。

更傻的是，连续三天，我每天走四五公里的路，都是为了去下北泽的一家汤咖喱店。在日本觅食，其实不算一件特别容易的事，大多数餐厅不存在英语水平稍微在线的服务员，美味的食物都是碳水炸弹，吃多了昏聩疲惫，感知失调，更容易生出“预知肥胖”的恐慌。

但其中一样美味，我却是怎么都抵抗不了的，那就是汤咖喱。这大概和我们江浙一带从小吃泡饭长大有关，汤汤水水的食物暖胃更暖心，一顿下去，是其他食物都比不了的踏实和满足。

说起来，汤咖喱并非东京特色，而是北海道札幌的名物，在整日下雪的冬天，人们靠一碗冒着热气的汤咖喱来抵御严寒。这样慷慨无私的食物，当然也适合湿冷阴郁的雨天。

把饭泡到汤咖喱里面，滚烫暄软的米粒立刻就蘸满了带着浓浓椰香的咖喱汁，舀一勺送入口，我的脑子里突然响起江国香织的话：“当然，无疑会有关于卡路里的问题一闪而过。不过，我立即把这懦弱的念头一扫而光。如此奢侈、如此幸福的食物，一定在我的体内铸造着光润健康的骨骼。”

“所谓幸福的食物，恐怕就应该是这样的。”

是啊，我总是在自我说服这件事上格外有天赋，于是我又决心把懦弱的念头一扫而光，全然享受这无比幸福的运命时刻。

还有一天晚上，我从代官山步行回住处，在经过一家小酒馆的时候，又忍不住停了下来。酒馆的门面很小很小，被两旁的烧肉店挤得局促无比，好在装饰显眼，十分“寺山修司”。

K，你知道的吧，当一个名词可以拿来被当成形容词使用时，语言就又变回了一座高耸的巴别塔。有些人可以进入，而有些人却不能。

我想，这个地方大概也是一样。在这个小小的酒馆，我有幸目睹了这次东京行最最震撼的一幕，铺天盖地，从天花板到墙角，每一寸空间，每一个缝隙，都是寺山修司，所有的海报、照片、装饰物，哪怕空气中的音乐，都和那个男人有关。

我从狭长的过道探入，四五个座席空置，根本没有一位客人，老板从吧台后起身，一瞬间，我又怔在原地，他看上去明明没有这么老，却一头银发。当这样一个带着满身冲突感和违和感的人，站在如此难以形容的环境中。一时间，我根本说不出任何话来。我感觉到自己的心里有什么东西正在坍塌，大规模地，无声坍塌。刹那间，所有悲喜都涌上心头。

他为什么要守着这么一个地方？是什么样的感情让他创造了这么一个地方？

我第一次为自己不会说一句日语而感到生气，我把每个动作都刻意放慢，像在水里发生的一样迟缓，尽量不发出任何的声响。我像一个闯入者一样局促，又像一个当事者一样感动。

就这样，我在这里坐了六十分钟，整整六十分钟，除了我之外，没有其他任何一位客人，但老板似乎也并不在乎。整整六十分钟，我们没有一点交流，各自静坐，但似乎也完全不觉得难受。

那是我第一次感觉到，原来我对任何事物的爱都如此虚荣而局促，我怀着切慕之心，浸淫在这里，心里祈祷着时间可以就那么停留。

K，我不知道你是否已经懂得了我所说的“运命时刻”，其实，它可以不用像“快乐”这么具体，也不用像“感动”如此饱满，它或许是漂浮在一片海上的心情，或许是变成一朵云的心情，又或许是看着一块黄油融化在面包片上的心情。

一碗让人忘记卡路里的汤咖喱，一个完全不在乎营业生意的小酒馆。当你面对它们时，眼前会闪过很多东西，很多很多看似无法放弃的东西，比如身材，比如金钱，比如所有一切把你困住的纷纷扰扰的事物。

但在那一瞬间，它们都在不断后退。不重要了，全都不重要了。

K，我还是觉得，人并是为了追求绝对的幸福而活，更不是为了得到全然的成功而活。我们该珍惜的，是那一点点“运命时刻”，那一点点“突然就不在乎生命中其他事情的时刻”。

第三十七封信

当一切结束后，
等待才刚刚开始

亲爱的K:

有人问我，世界上最短的情话是什么?

是“我爱你”? 还是“我想你”?

如果让我来回答这个问题的话，我觉得是“我等你”。或许还能更短一点，“等你”。就不要“我”了吧。毕竟在最诚恳的情话里，是要彻底丢掉自己的。

K，我有时候觉得“等待”并不是一个偶然发生的动词，而是一种贯穿我生命始终的状态。

有时候，我在等你，也在等待一个念头降临。它痒酥酥，滑溜溜，从心脏右上角的地方爬上来，尽管很轻，却爬得缓慢。它让我的心脏变得火热，却让我的十指变得笨拙。

或许我应该发个消息给你，告诉你，我清晰的，发热的，湿润的想念。或许。或许。但我什么都没有做，我什么都不能做。我只是悄悄地，把这个时刻，命名为“等你”。

还有些时候，我在等你，也在等待“此刻”的时间过去。

有些时候，我去健身房跑步，并不是为了强健体魄，而是用一种我最讨厌的方式来中和对你的情感。如果把你放进这段枯燥的，无味的，难捱的时间里，你是不是也会因此变得不可爱起来？

但可惜，我失败了。于是，我只能把这些“可爱的”或“不可爱的”时刻，全都命名为“等你”。

有些时候，我去KTV唱歌，当然不是为了施展歌喉，而是想用一种最烂俗最嘈杂的方式来消耗对你的等待。你从不知道，我会小心翼翼避开那些我们一起听过的歌。它们是禁忌，是咒语，也是我拱手相送的礼物。

因为你听过，因为我们一起听过，这些歌就被你剥夺了所有权。那是属于你的歌。因为我一想到这些歌，就会想起你，因为我一听到这些歌，就会想起你。

它们的名字都变成了“你”。

而我呢，我只能把那些“听”或者“不听”它们的时刻，全都命名为“等你”。

有些时候，我谎称自己在喝酒，当然不是真的为了喝酒，只是为了让“等你”的这段时间变得更轻盈。我盼望着，什么时候能喝丢了手机，也喝丢了自己。我是真的讨厌手机，那个具有逼迫性力量的黑匣子，那个永远也接不到消息的黑匣子，大概是我们之间最大的情敌。

我想，我还可以再喝一点。再多喝一点的话，就会有一扇门突然出现，出现在我你之间。然后我就走过去，用尽所有力气把它推开。

而在这扇门出现之前的所有时刻，都叫作“等你”。

还有些时候，我假装坐在客厅看书，书里当然没有你。我说过要用的你的名字写一个角色，但我迟迟没有动笔，因为写完的那一刻，你就会消失。人怎么能写下自己的秘密呢？于是，我决定守口如瓶。

但无论我“写”，还是“不写”，时间好像都没有任何差别。因为它们都有一个共同的名字——“等你”。

K，如果有一天，你问我，“你在做些什么？”

我会诚恳地告诉你，“大多数时候，我在等你。小部分时候，我假装不在等你。”

是这样的K，看起来我在“生活”着，在走路，在吃饭，在睡觉，在工作，但实际上，我只是在等待，我只是在等待的途中顺便“生活”一下罢了。看起来我做了好多好多事，但事实上呢？事实上，我什么都没有做，我只是在等待罢了。

等待，等待，等待…… 我在等待的途中“顺便”给你写了这封情书，一封真正的情书。我不想再和你探讨任何事物的意义，我只想告诉你，在没有你的日子里，我是怎样的心情。我等着，心里含着如此复杂的况味，是“喜悦”，是“不安”是“憧憬”，也是“忍耐”。

但如果有其他人问我，“你在等什么？”

我想我不会告诉他们实话，我只会说，我在等春天，我在等黄昏，我在等月亮。宇宙成了我的借口。

因为他们不懂，他们不懂等待不需要意义，不需要抵达某个目的，也不需要看到什么东西真的降临。

活着就是一场漫长的等待，爱着就是一场漫长的等待，等到无法再等，还是要继续再等。

亲爱的K，要如何去爱一个人呢?

我想应该是用长长长长的等待，去填满人生所有空白的意义。

此时，等待，就是全部的意义。

亲爱的K，我在等你。

第三十八封信

许下第一个愿望

亲爱的K:

新年已经过去了好几天，但我还是常常忘记改口，和朋友喝酒的时候习惯性脱口而出“今年夏天那会……”“是去年啦!”直到他出口提醒，我才恍然，对哦，已经是去年的事情了。

说到这里你一定会嘲笑我记性不好，反射弧长，但我却更愿意相信，是我的意志要比这个世界走得更慢一点。她贪心玩乐，拽着2019年的手，还想和它再腻歪一会。

人人都说2019是很糟糕的一年，对我而言，也不算顺遂，像是独身疾行于旷野，有团团迷雾萦身，分不清身之所处。但终究还是会有些许光亮淌进来：一场安稳的睡眠，一个意外的晴天，一次真正的聊天，一枚波光粼粼的亲吻，还有一个如此可爱的你……

这些都是我的光亮。而我一直是那种人，是愿意为了眼前这点幽微的光亮，去忍受人生漫长的黯淡与无意义的人。

还记得吗K，有一年跨年，我们看完新年烟火，去了热闹的游乐场，在细碎欢呼声的簇拥下，你突然拉住我的手，目光像神一般慈悲，问道："你有什么愿望吗？"

我有什么愿望吗？我突然怔住，一瞬间，所有的悲喜都涌上心头。我有很多很多的愿望，每一个都与你有关，但我又怕，如果真的把愿望都寄托在你身上，你就会变成一颗流星飞走，咻地一下飞走，飞得很高很快，立马脱离我这个小小宇宙。

"没有，我没有任何愿望。"我轻轻地说道，声音细不可闻，生怕惊扰了上天，生怕他连我此时此刻的小小幸福都要收走。

倘若我年纪再小一点的时候，是绝不会懂得这种心境的，那时候无知无畏，常常为难神明。"让他爱我吧！让他永远爱我吧！"生日，新年……抓紧一切可以许愿的时机，想上天讨要一切他根本给不出的东西。

后来的后来，才渐渐明白，人是不能在自己的愿望里强行带入其他人的，这是不逊，也是不公。

倘若我年纪再小一点的时候，也和其他人一样，常在新年许下那些大言不惭的愿望，想要很多很多的钱，想要很多很多的爱，想要爱人常在，想要爱意永恒。

如今的我却感到羞愧，为人心之浅薄，为愿望之无辜。

大多数人并没有确切的信仰，所谓信仰不过是用于逃遁现实的借口，是他们心安理得弱小的理由。弱小者常许愿，常索取，常落空，常愤恨。

但其实，不管你许不许愿，一切还是按照既定的轨迹在前行。心怀念想，爱而不得，这才是人生的常态。

所以还不如彻底抛弃这份念想，便也不用去承受愿望落空的心情。人的命运和爱情，都是无法以自我的意志为转移的，终归是无可奈何，无可奈何。

所以K啊，哪怕你不爱我，我也能体谅。

就是这样，我看着你，温柔又悲伤，舍不得许下任何愿望。

在这一刻，我才明白，原来真正的爱是带着这样一种深切的共情去眺望对方的内心。

推己及人，才是感情中最深刻的一种。

亲爱的K，我没有愿望，新的一年，我真的没有任何愿望。在26岁这年，我终于确信了一件事：人不应该把自己人生的希望寄托在除了自己之外的任何地方，就算是你也不行。我也不能要求任何人，就算是神明也不行。

下次，如果还有机会在神明面前祷告的话，我想我只会说一句话："尽管我还不知道什么是幸福，但亲爱的菩萨，祝你幸福。"

第三十九封信

汲干生活的水分

亲爱的K：

最近好吗？好像很久都没有问出过这个问题了。总觉得你会过得很好，像是一种祝福，种在心底久了，便成了一种明亮的寄望。

可你偏偏就是这么好的一个人儿，普天下所有美好的东西都被你吸引，纷纷落在你的脚后跟头，你走到哪儿，它们就跟到哪儿。这样的你，就像我一直巴巴等待着的春天。人哪里需要担忧牵挂春天呢？远远地眺望就好。

可2020年的春天啊，好像迷路一般，迟迟不肯到来。或许你也已经知道了吧，年初的时候，我的国家遭遇了很严重的疫情。集体困境催生出无尽的黑暗和长驱不散的恐惧。

“最近好吗？”人人怯懦敏感，不敢轻易开口，向他人问出这个问题。毕竟，大家似乎都过得不太好。

说来惭愧，我自诩是个坚定的人，却在此刻也犹疑了起来：当社会无法正常运转的时候，我还能守住自己的秘密生活吗？个人生活与社会生活的边界究竟何在？当身边的潮水退去，能稳稳拴住我的锚又在哪里呢？我的精神生活是否足够坚固，它到底能抵御多大的冲击与伤害呢？如果生活中只剩一件事是重要的，那么这件事是什么呢？我是不是真的拥有和自己共处一生的能力……

这样的念头是折磨人的，因为答案看似在不远处明灭，但走近了却又发现它比想象中更远，更远。

有很长一段时间，我除了吃饭睡觉，其余时间全在上网。每天接受大量的负面信息，在震惊、恐惧、悲痛的情绪里不停切换。除了情绪，我似乎什么都抓不住。

好在这样的状态没有持续多久。以“保持悲愤”的方式自绝于生活，这是多么愚蠢的行径啊！当黑暗暂时无法被冲破的时候，我们最应该做的是保护好自己的身躯，保存好自己的能量。既然无法以身戴行，便只有静默自省，因为未来还有更长的路要走，还有更严峻的仗要打。

当我想明白了这点之后，那些问题的答案似乎也悄悄靠近了一点。如果生活中只剩一件事是重要的，那么这件事只能是“生活本身”。至于如何建造坚固的秘密生活？如何找到自己的锚？如何获得和自己共处一生的能力？这些问题的答案都通向同一个——“诚实地去生活，像一颗植株一样。”

记得叔本华在《论生存的痛苦与虚无》中曾以动物为对象，阐述过人类之所以痛苦的根源，他说：“首先是因为人想到了不在眼前的事情。这样，经过思维的作用，所有一切都被增强了效果。也就是说，由于人有了思维，忧虑、恐惧和希望也就真正出现了。这些忧虑、恐惧和希望对人的折磨更甚于此刻现实的苦和乐。

“但动物所感受的苦乐，则只是局限于此刻的现实，他们能够心安理得、全神贯注地享受现时此刻。所以，动物享有那种令人羡慕的无忧无虑和心平气和。”

这样的理论让我想到去年听项飙的演讲，他也提到过一个相似的理论——“悬浮生活”。“我们都在追求一个更好的明天，更好的明天具体是什么样的，我们并不清楚。唯一可以肯定的是今天的生活是不太值得过的，所以要对现在进行否定，也无法真正介入到现实中去。”

“不懂得享受，不懂得此刻的价值，总想着有一个目的要去完成，至于完成了之后会怎样，并不清楚，都是为完成而完成，为追求而追求，在高速的流动中悬置了很多东西。”

说实话，我们都活得太像人了，太像这样的人了。所以当这种关于“未来”的虚假意义突然被消解，当我们突然遭受到现实给予的真正的打击，当遮蔽双眼的潮水突然褪去，我们便一下失去了生活的“抓地力”，无从站立。

亲爱的K，倘若能像动物一样地去生活，只沉浸于此时此刻，自然是好。但更高明的是像植物一样去生活，不仅拥有对于“此时此刻”的全然满足，还要落地生根，拥有极大的“抓地力”，汲干生活的每一滴水分。

亲爱的K，我已经决定好了，从明天开始，我要过一种更像植物的生活，全心全意，心无旁骛地活着。当时间从我身上流过，我就成了时间本身：只是存在，只有此刻。

如果这个社会是错的，那么，做饭总归不会是错的吧。茴香，八角，罗勒，肉桂，只有当你认真了解过每一种香料的名字，轻声呼唤它们，呼唤它们如此温柔的名字，便才会懂得它们内心最温柔的味道。

如果这个世界是错的，那么，洗衣服总归不会是错的吧。用手摩挲每件衣服的质地，感受棉，麻，丝绸的差异，感受泡沫，感受水流，感受如此质朴的陌生，感受生活之中的生活。

如果他们都是错的，那么，下楼散步总归不会是错的吧。在静默的夜晚，在无人的街道，用双脚叩响大地，当一棵棵树，路过你的飞翔，你便也像他们一样，从来都不慌张。

……

K，这样的生活是如此诚实。如此诚实地想你，如此诚实地活着。

K，如果你也曾感到悲伤，感到困惑，Don't panic，像植物一样去生活吧。总有一天，太阳会重现降临的。到那个时候，我们便可以拉开窗帘，大声念出那首自己以身所践行着的诗歌——“阳光凑过来照耀，我身上，顿然生长出自己的温暖。”

第四十封信

别说，说出来 就不灵了

亲爱的K：

先告诉你一个小秘密，北京的夏天这次是真的走了。你可千万别觉得这并不是什么了不起的秘密，悄悄告诉你，我是这世界上第一个亲眼看见他远去背影的人。

他走的那个夜晚，我和Y正盘腿坐在天台上聊天，哦，忘了告诉你，在我住的那栋楼的三楼有一个巨大的天台，平常几乎没什么人，只有角落里还竖立着几根铁灰色看起来有些锈化的支架，大抵是被遗弃的晾衣竿。

整个天台看起来就像一片塑封后的水泥广场，我和Y就坐在广场的中央有一搭没一搭地聊着天，当时已经是快凌晨三点的光景，突然一阵大风刮过，把通往天台的唯一那扇门给合上了，Y立刻吓得跳了起来："怎么办，我们好像被关住了，这个点估计也不会有人来给我们开门，怎么办。"

"是最后一阵夏风诶。"我用同等程度的忧伤回应了她的慌张，那阵风吹过我的时候，我身上的大T恤被填充成了一种怪异的形状，我试图抓住它，用我那个像房门洞开的破楼一般的身体去接应它。但我还是失败了，只留下一个空荡荡的袖管，那是夏天留给我的最后一个背影。

K，从小我就不喜欢秋天，你要是问我为什么啊，我能立马给你列出五百个属于秋天的罪状。是不是很奇怪啊，真正的喜欢是说不出任何所以然的，而真正的不喜欢，却恰恰是可以追溯出五百个缘由。

要怎么跟你描述我对秋天的嫌弃呢，这么说吧，如果夏天和秋天同时说"我要走啦"，那夏天就会直接留给你一个倔强的小脑门，可秋天不一样，秋天还要回头再拉拉小手不舍三百回合才肯罢休呢。秋天的风也是很暧昧的，它们附着，粘连在一起，和夏风完全不一样。在这样的风下，那些被荒废了很久的情绪，就会像扬尘一般被轻轻吹起，然后迷了你的眼睛，有时候连你自己都不知道为什么，眼泪就这么流下来了。

就像那天我坐在天台上，原本我只会想，“夏天过去了”。但被秋风这么一吹，我就会想，“2017年的夏天过去了”，宇宙洪荒，岁月绵亘，我们还会拥有千千万万个夏天，但是不会再拥有2017年的夏天了。

就像那天我坐在天台上，原本我只会想，“夏天过去了”。但被秋风这么一吹，我就会想，“你那里的夏天过去了吗？”宇宙洪荒，岁月绵亘，我们还能不能在另外一个夏天，重新站在一起呢？

K啊，你看，秋天它是不是个大坏蛋，又给我的情绪染色，又让我变得更想你，你说这样的它，是不是应该被讨厌？

我对秋天的讨厌，就像对你的讨厌，也像对自己的讨厌。我从不情愿向别人谈起自己，更不情愿向别人谈起你。我怕我一张口，有些东西就会溜走，一些我也不确定它们是否真的存在的东西。

说来那天被困天台之后，我和Y一时半会也离开不了，便继续百无聊赖地聊着天。后来，Y还是向我问起了你，我不知道该怎么回应她，于是只好抬头看天。就是在那天，我才发现原来北京的光污染这么严重，黑夜并不会真的暗透。我也是直到那天才发现，原来不管两三点，还是三四点，天上都会有光，只不过是那种很假的光，脆脆的，丝毫没有生命的质感，只能映照出远处影影绰绰的楼群。我低头，空气里似乎有低沉的呜咽，好像是白昼留下的几声喘息。

最后，我还是没有正面回答Y，只是淡淡地一笔带过，有些东西不能说，也说不出。我本以为她会不依不饶地追问，但没想到，她好像比我还坦然。

“我知道！是不是就像许愿啊，不能说出来，因为说出来就不灵了。”

我对Y的说法感到好笑，但同时竟又莫名觉得很有道理。谁说爱不是一种迷信呢?

我想起自己在庙里许愿时的场景，大家都双手合十，紧闭双眼，在心里一遍遍默念，生怕被周围的人偷听了去。K，有人说，许愿的意义在于为自己创造一些希望，但我觉得不是，许愿的意义在于不让别人知道你许的是什么愿，在于你要独自承受愿望的落空。这样的心情，才和爱一个人时的心情差不多。

K，我想，爱先是一种迷信，然后变成一种秘密，最后，它才能成为一种神迹。

K，如果你非要问我，什么是神迹?那我只能告诉你，神迹就是我今天在给你写信的时候，刚好听到了一首很好听的歌，无意点开歌的评论，刚好看到了两句话，刚好这两句话我都很喜欢。现在我把它们念给你听。

一句是："我想拍出树和路灯对应的关系，树说她本属于荒野并无此需要。"

而另外一句是："我会一直爱你，也偶尔喜欢别人，在他们像你的时候。"

我想，这就是神迹。

第四十一封信

/// 待到梦中再挽手

亲爱的K：

我觉得世上应该有那么一个词语，专门用来形容“一夜长梦之后，猛然睁开双眼，可半只脚却依旧深陷在梦境的沼泽中拔不出来”的感觉。

这种感觉难以描摹，它有点类似于：在经历了一场漫长的电影后，头顶的灯光骤然亮起，但你还瘫坐在位置上不知所从；在搭乘了一班傍晚的地铁后，走过一个长长的甬道出站，却发现天色不知在什么时候已经完成了白天黑夜的切换；在突然听到某个多年未闻的名字后，你有一瞬间的茫然，想起了什么却又什么都想不起来……现实与虚幻的交叠之际，时空并置，所有的感官都在离你远去。

如果非要找一个最接近的词语，我想大概是“怅然若失”。但还是差那么点意思，若失，若失，没什么好失去的，因为连拥有都是幻觉。

K你知道吗，昨天晚上我又梦到了你。

我梦到我们站在一个很大很大的广场上，广场上的人很多，有我的小学同学，有从没见过的网友，还有很多不认识的人。我不知道这是一个什么样的场合，不知道为什么突然会有这么多人，也不知道我们为什么来到这里。但这些都不重要，我只记得自己跟着你慢慢穿过拥挤的人潮，怀里抱着一个从7-11买的枫糖浆甜甜圈，最奇怪的是，那个甜甜圈膨胀得好大好大，就像游泳圈那么大，我把它挟在胸前，小心翼翼，生怕它被挤坏。

我们走了好久好久，怎么都走不出人群，突然你转头对我说，自己的手臂很痒，好像是被蚊子咬了。然后我一下就急了，把甜甜圈一丢就帮你去找花露水。但是对不起啊K，我又找了好久好久，中途还意外找到了我送你的小恐龙，但可惜，自始至终都没有找到花露水，直到醒来都没有。

当我醒来的时候，有雨丝从忘记关的窗户里吹进来，清清凉凉的触感，倒是有点像花露水。K啊，干燥的北京竟突然开始降温下雨，竟突然湿润如南方。

K，是巧合吗？我梦到了你，天一下就冷了。

我坐在窗边的床头，闭眼感受着这阵潮湿的冷空气。K，每次我都要过好久好久才能彻底从上一场梦中缓过来。大概是因为梦中的喜悦和悲伤都太轻浮了，以至于我必须要床上呆坐半天，或者闭上眼假寐良久，才能像咀嚼口香糖一般，让梦中的那些感觉在心中多停留一阵。

K，最近我总是频繁梦到你，梦到我们不知为何就拼了命一般在我从小长大的海岸边奔逃；梦到我们开着没有后视镜的卡车旅行，终点站是早已拆迁的小学操场；梦到你出国留学，我抓着一张五块钱的人民币就奋不顾身跟出去……

梦到你这件事让我觉得幸福，也让我一下觉得生活有了盼头。不瞒你说，我甚至为此端正了态度，在每个白天都更加用力地去生活。

家门口那两排泡桐树见过我蹬共享单车时小腿乱扑的样子，衣柜里的裙子哀求我不要再动不动就把她们放进洗衣机里，阳台上的绿萝被我浇多了水反倒一副恹恹不振的样子……

我很努力很努力地让自己变得疲惫，因为只有在白天把精力全部消耗完了，到了夜里才能更快入眠，才能更快与你相见。这是我小小的私心，也是我之所以偏爱做梦的原因。

当然，我也听到有人诋毁梦境，他们说，人类的梦境都是自己给自己捏造出来的，我们所梦到的一切都是自己深层欲望的隐性投射。梦境是人类今生最大的谎言，哪怕在梦里，我们也无法诚实地面对自己。

是这样吗K？是我捏造了你吗？是我在对自己撒谎吗？

我曾仔细回忆过梦中的你，似乎确实要比现实中更可爱一点，没有了那些讨人厌的小毛病。但好像，我也说不出来，自己到底更喜欢哪一个你。

既然这样，我便也不纠结了。今天晚上，明天晚上，后天晚上，我都要把心清清白白地往枕头上一摊，然后等待着你从梦中降临。

因为K，一直以来我都相信一件事：梦在不断发生着，不管我们有没有梦到那些梦。

我想，我已经找到了一个全世界最完美的方式和你在一起。那些后来没有发生的故事，就让我们在梦里继续完成它吧。

第四十二封信

感到悲伤的时候，
/ / / 去看大海

亲爱的K：

许久未给你写信，因为忙于迎接、对坐、喝酒，还有看海。

前几日还在上海的时候，和朋友一起去看了杉本博司的摄影展，说起来，“杉本博司”对我而言是个很遥远的名字，就像是某个你早已耳闻过的明星，但却很难记起他的长相，更不会想到要与他建立什么确切的联系。如果不是她发愿，我大概就要像错过成千上万的路人那样，错过这个叫杉本博司的人。

那天的展览被安置在一个非常小的私宅里，门口有个小小的庭院，很像这幢楼房轻轻探出的一只小手，记得刚下过雨的庭前草坪还有股很隐蔽的泥腥味，我站在草坪旁的碎石路上，怀着一颗小小的心等待着我朋友的到来，觉得自己很像一颗小小的草本植物，一切都是小小的。

“这应该也是一个小小的展吧，又小又美又安静，或许冷淡，但是审慎。”这是我站在门口时的想法。但当我真正走进去的时候，还是被里面的逼仄与吵闹吓了一跳。

如果要找个恰当的词语来形容当时的场景，大概就是“游客盛行”。有人三三两两围在一旁聊天，有人努力地在杉本博司的照片面前摆拍留念，试图二次创作出更加厉害的摄影作品。闪光灯，嬉笑声，喧宾夺主。而那些照片，那些原本应该成为主角的照片，被失落地挂在那里。

K，你也不会喜欢在看展的时候拍照吧？

记得以前你告诉过我，有个爱丁堡大学的教授是这样说的：“Silly people use smart phones. See the exhibition with your eyes, cause your eyes are connected with your brain, but no your phone not.”（蠢人才用智能手机，用眼睛去看展，因为眼睛才连接着你的大脑。）

但其实，我要向你坦白，偶尔我也会在美术馆举起手机，当眼前有了比展品还要好看的参观者时。在欧洲的很多美术馆里，经常能看到一些好看的人，他们经过我，如同一组流动的画作。他们各有各的灵晕，他们站在一个和谐的距离之外，他们成了另外一种投影。

K，好看的“人”是可以和展品产生“互文”的存在。好看的人就是艺术本身。

但可惜，那天我并没有撞见这样好看的人，我只看见那些原本应该成为整体的作品被打碎在房间的各个角落，毫无任何连贯与呼应；而那些原本应该各自分散的人，却纷纷聚拢成为一个个“集体”。这样的场景让我感觉不适，也破坏了我看展的心情。

但尽管如此，我还是要郑重地向你推荐杉本博司。因为他是个可爱的人，就像你一样。后来我看他的访谈，看到这么一段：有人问他，你的艺术是不是日本侘寂文化与极简艺术的结合啊？杉本博司的回答是：侘、寂（wabi、sabi）挺好的，但我不用这个概念来阐述我的艺术。但是，wabi、sabi放在一起，就变成 wasabi（芥末）了。

哈哈哈哈哈，能说出这样的话的人该是多么可爱啊！更重要的是，你还记不记得，我曾经也说过几乎一模一样的话：“wabi、sabi，不如简称为 wasabi算了。” 我们俩所说过的话仿佛一段遥遥呼应的神谕，在此时此刻，完成了一场完美的对接。

所以你现在该明白了吧，我这么大费周章地夸赞杉本博司，重点其实是想说，和杉本说过同样话的我，也是同等程度的可爱呢。

我们可爱的人啊，都有一些共同特质，比如，凡事都能和吃扯上关系；再比如，可爱的人都会同样喜欢海。

在杉本博司所有作品里，我最喜欢《Seascape海景》系列。他说："我们和石器时代的人看到的是同样的海。"他还说："世间万物都在随岁月的流逝而变化。但水和大气不会。我拍海，其实拍的是时间。"

杉本博司照片里的海看起来毫无性格，全是干净的大色块，寡淡而素直，像是拿尺子刻画出来的笔直线条。他眼中的海是扁平的，是流畅的，是凝固的白色烛泪，是被刻意泄露的天光。

很幸运，我是生在海岛长在海岛的人。小时候住在外婆家，我们的房子离海很近，往外走个几百米就能走到海堤。K，生于城市的你大概无法想象那是一幅怎样的场景。想起曾经有人说过，在太平洋上有个叫Tikopia的小岛，岛上任何一个地方都能看到或听到海，当地的土著人是用"陆地那边"和"大海那边"来描述方位的。比如："你大海那边的脸颊上有一点尘土。"我们所居住的岛虽然没有这么小，但也确实会用"海的那边"，"海的另一边"这样的方式来描述方位。

我时常跑去看海，在涨潮落潮的时候，在台风将要登陆的午后，在海堤边长满野草莓的夏天。在海面前，我们就像个迷路的人。时间很小，而海很大。

K，你知道吗，海是会越看越透亮的，它原本并没有颜色，看的人多了，海才变成了蓝色，那些承载过我们的目光的海，才是蓝色的。

K，杉本博司让我想起了小时候看过的海，也让我想到了另外一个人，寺山修司。他说："眼泪是人造的最小的海。"

他说："感到悲伤的时候，去看大海。""在一个人寂寞的时候，去看大海。""人生在什么时候会结束，但海是不会结束的。"

他说得多好啊，海是不会终结的。宇宙间的一切，只有海是不暧昧的，海大大方方，予取予求，无从期待，便也无从坠落。

海没有悲喜，宏大而微渺，一次次落下，又一次次起身去拥抱陆地。

海就是这样，一生空旷，永不终结。

K，你也喜欢海吗？你是否也曾和海长久对坐，静默凝视？你是否也能从远来的风中辨别出海的气味？

K，听说在夏威夷的最北端，有个叫可爱岛的岛屿，听说那是夏威夷群岛中最古老的岛屿，相传夏威夷最初的神就居住在这里。K，让我们一起搬去那里居住，你说好不好？

K，我愿意走很长很长的路陪你去看海，那么，你呢？

第四十三封信

美是一种置身事外的感激

亲爱的K：

今天看书的时候，撞见一句很喜欢的话，叫作“音乐是一记响亮的空气”。这句话是费鲁希欧·布索尼说的，来，跟我再读一遍，“费鲁希欧·布索尼”，相信你和我一样，肯定没有记住这个像数学公式一样的名字吧。不过没关系K，所有美的事物不就这样吗？我们看不懂也碰不到，它只是远远站在那里，带着一种迷人而模糊的氛围。

K，我时常在想一个问题，到底什么是美？我们到底为什么会需要美？那些穷尽人类想象力与创作力的事物，真的有存在的价值吗？

说来好笑，我是一个完全不懂画的人，对我来说，看画展更多像是一种闲庭散步，走马观花式的肢体放松，甚至在有些时候，它可以成为一种社交活动。那些变换延展的线条，那些撞击交融的色彩，在我看来并没有多大的差别，有些时候，我更喜欢跑去美术馆看人，那些在画作面前带着各式表情抬头驻足的人，好像是比画作本身要更加生动的存在。

我一直以为那些过分绚丽的色彩和实际的生活并没有任何联系，实际的生活只关乎面包，啤酒和肥皂泡。实际的生活离天空很遥远。

直到我们一起去了阿姆斯特丹，一起在国立美术馆看到了伦勃朗的《夜巡》。那是一幅巨大的画，比我想象中还要大很多很多。那是我第一次意识到原来色彩还可以燃烧起来，整个展厅无比亮堂，仿佛是那片如同天边晚霞般的光彩照亮了它。

我失语，耳边的音乐也像是戛然而止一般，有种莫名其妙的愉悦感侵袭我的全身，但我却对这种感觉缺乏恰当的表达，那个时刻，我只能想到一个词——“塌陷”。K，你知道吗，原来并不是人在看画，原来那是一场对望和凝视，你能明显感觉到自己被它的目光吞没了。然后你的心也会开始颤摆，它掉入狂风中的大海，被一次次抛到浪尖。

一时间，我的脑袋中出现了很多东西，第一次走进一座高大的庙宇时，想要五体投地叩身于鎏金的飞檐，朱红的木门，庄严肃穆的佛像，还有大片大片遮天蔽地的古树前的冲动。第一次观看古老的拜占庭建筑时，满眼高大的圆穹顶，半透明彩色玻璃镶成的墙面，雕刻忍冬草的倒方锥形柱子，那种极尽眩晕，甚至产生错视的感觉。

还有2009年的夏天，第一次看日全食，几百人挤在中学的操场上，有人调试着相机，有人在安装望远镜，所有人都惴惴不安，兴奋又期待，空气中漫溢着一股紧张又焦躁的氛围，好像一场集体困境，气象的反常让所有人都开始跟着失控，盛夏午后，莫名有种台风来临前潮湿又逼仄的气味。

日食的发生是毫无预兆的，人群的呐喊是比它更早到来的存在。还记得天空渐渐变成靛青色，墨色……太阳的光亮在渐渐消失，好像是被吸纳进了某块柔软的海绵布。还记得被月亮彻底掩盖的太阳依旧非常努力地发着微弱的光亮，照着大地，照着我们，那圈细小而勇敢的光芒像是天空赠予给这个冷冰冰世界的温柔戒指。还记得身边的一切，操场上的篮球架，身边交错叠加的人影，远处的山峦，道路和高楼，都变成黑白剪影。世界变得很慢，很懵懂，有一种很陌生很遥远的感动从我心头翻涌上来，像突然罹患了一场高烧，又像是在水下缓慢行走。

K，那一瞬间，我觉得地球真是渺小啊，人类真是渺小啊，我也真是渺小啊。我的脑袋中突然浮想起卡尔萨根说过的那段话：“你所爱的每一个人，你认识的每一个人，你听说过的每一个人，曾经存在过的每一个人，都在它上面度过他们的一生。我们的欢乐与痛苦聚集在一起，数以千计的自以为是的宗教、意识形态和经济学说，所有的猎人与强盗、英雄与懦夫、文明的缔造者与毁灭者、国王与农夫、年轻的情侣、母亲与父亲、满怀希望的孩子、发明家和探险家、德高望重的教师、腐败的政客、超级明星、最高领袖、人类历史上的每一个圣人与罪犯，都住在这里，一粒悬浮在阳光中的微尘。”

K，虽然那场日食只有短短几分钟，但对我而言，它却已经成为一个永不落幕的夜晚。它根本无关天文学，无关气象学，它是自然的神迹，是美。

记得三岛说，美是末日来临。美，横亘在人们面前，把人世间的一切变为徒劳。但我却觉得并不是这样，美不是无能为力。美是一种置身事外的感激。美本身就是一种力量。

就像现在的我，虽然已经不记得和你在阿姆斯特丹走过的那些街道，也已经快十年没有再见过这样彻底的日全食，但我却能时常想起站在巨大画作前的震撼，坐在幽暗天空下的战栗。

K，直到现在我才明白，原来是那些看起来早已过去的，在记忆中模糊不堪的瞬间，构成了我生命中为数不多的温柔时刻。

原来是那些看起来遥远的，和我们毫无任何关系的“美”，才恰恰给了我们活下去的力量。

K，一个人倘若看不到美，那他一定同样也看不到爱，看不到生命中的一切神迹。

只有看得到美的人，才能发现万物皆有灵晕，万物皆是神迹。不管是一首歌，一幅画，一扇窗，还是一道光，一阵风，一朵云，它们都在那里自顾自美丽着。

而它们的存在，就已经给了很多人生活下去的力量。

K，原来我苦苦追寻美的意义和生活的力量，它们都通向一个共同的答案。K，我忽然觉得，你从来都不是一个具体的人，你也是给予过我力量的“美”。

如果可以的话，我还是想真诚地爱你，同时也真诚地去爱一首歌，爱一幅画，真诚地去爱每一场或好或坏的天气。

第四十四封信

像站在
太阳下的坦荡

亲爱的K:

又在夜里给你写信，此时此刻，我头顶的月光清亮，正温情脉脉地照在我的身上，这种时候，真的非常适合说一句：“我这里的月色真美，你那里呢？”

但是K，你不必着急回答我，不是世界上的所有疑问句都需要得到答复，就像并不是所有的信件都期待一封回信。“今晚月色真好”这句话根本无关今晚，也无关月色，它不过是“我爱你”的另外一种说法。

我一直在想一个问题，到底人要怎么才能坦然说出爱？似乎一直以来我们都习惯用一些完全不带“爱”的句子来说“我爱你”。就像我给你写了这么封情书，却罕有“我爱你”这三个字出现。

比如我会说：“你那里今天降温了吗？”但你不知道，其实我的手机里一直存着你所在城市的天气。每一天，我都计算我们之间的温度差，然后在两座城市气温重叠的那些天，莫名感到无比的开心。

比如我会说：“今晚我吃了你喜欢的冰煮羊肉，真好吃。”但你不知道，我其实一点都不爱吃羊肉。所以每吃一口，我就会想到你一次。就这样，你便成了这世上最神奇的蘸料，再膻的羊肉也因为你变得可以忍受起来。

比如我会说：“昨天晚上梦到了你。”但你不知道，醒来之后，我坐在床头，把我知道的所有关于你的事，又重新想了一遍。

比如我会说：“哈哈哈。”有些时候真的开心，哈哈哈是为了与你庆祝。有些时候并不开心，哈哈哈是为了想把你从心里哈出去。当然这样的做法，没有一次真的成功。

……

K，这都是你不知道的，就像你不知道，这些话的真实意思都是：“我爱你。”

K，我想你在听完这些之后，一定会觉得很意外吧，但你不要误会，我绝不是为了让你夸我含蓄细腻或是其他，尽管我本人确实是“含蓄派”的一员，但我对这件事还挺讨厌的。

我时常觉得，我们过分崇尚“含蓄”这个品质了。我们是一个太会害羞的民族，这导致大家所接收到的“爱的教育”都是缺失的。

从小到大，父母、老师，都会告诉我们：“那些轻易说爱的人，要么虚伪，要么轻浮。”

于是我们信以为真，端着一颗心，怕碎了，怕化了，死都不肯捧给别人看。

最后我们都变成了什么样的人呢？要么不知爱为何物，只知道征服和侵占，像是莫名受过什么伤，又像是天生残疾，在彼此靠近的时候根本不知所措，于是只好粗暴而蛮横地对待彼此。

要么像我一样，爱说不爱，想说不想，只说今晚月色真好，还堂而皇之为这样的怯懦冠以美名——“含蓄委婉”。可委婉的表达啊，纵然美，却最容易产生遗憾。就像喜欢的女歌手所唱的：“自尊常常将人拖着，将爱都走曲折。”

K，今天，我就要向你撕开这个美名，这世上只有一种真正高级的美德，那就是坦然、坦诚、坦荡地说出自己的情感。

还记得在摩洛哥旅行的时候，我遇到过一对法国情侣，他们无时无刻不在看着对方，眼里光亮简直是要把自己，要把对方燃尽了。“我爱你”，“我爱你”，“我爱你”，我数不清他们在一天里说了多少次我爱你。曾经我看得羞赧，如今我却无比向往这样不知害臊，昏了头一般的恋爱，

亲爱的K，此时此刻，我突然想起黄永玉说过的一句话：“明确的爱，直接的厌恶，真诚的喜欢。站在太阳下的坦荡，大声无愧地称赞自己。”

真好，这样的爱真好，这样的人生真好。

K，今晚月色不美，今晚的月亮也没有比较圆。我爱你。我真的爱你。

第四十五封信

一撒手的人生

亲爱的K：

前几日我跑去蹦床了，空气蹦床馆在东五环开外，几栋低矮的平楼连在一起，灰扑扑的，像被天空染了色，只有上面字体鲜艳的招牌异常突兀，什么蹦床馆、游泳馆、卡丁车馆……一字排开的“休闲娱乐场所”，属于京郊的特殊景致。

第一次蹦床，才知道原来一定要穿上特制的防滑袜子，脚底心有很多排列紧密的硅胶圆点，看起来非常可爱，穿上去像踩在很多小小的鹅卵石上，痒兮兮，忍不住想笑。

整个蹦床的场地其实很小，活跃其中的大多是十岁以下的小孩，乱糟糟，吵哄哄，像我这样的大朋友只有零星几个，卡在他们中间，倒是显得有些奇怪。

短暂的热身运动之后，便是略带紧张地踏上弹力床，一步，二步，小心试探；一点，二点，慢慢释放自己身体的重量。K，这真是一种很奇妙的体验，我不敢把整个身体彻底交付给这陌生的弹力床，更不敢猛地往下压，只敢慢慢挪动，慢慢加大脚下的幅度。

但当我逐渐找到发力点，逐渐找到平衡的时候，又是另外一种感觉了，失重让人眩晕，短暂摆脱地心引力让人着迷，空气与空气之间一下出现了不同的疏密程度，有一种奇妙的浮力正把我轻轻往上托举，这让我想到小时候爸爸抱着我，把我轻轻抛掷到上空又稳稳接住的时刻。

甚至，当我的脚重新触碰到弹力床的时候，它竟然会发出响亮又很有节奏的声音，“啵唧，啵唧”，像在热切地迎接并且亲吻着我的脚后跟。

你有蹦过床吗，K？你有过这样的感受吗，摊着脚敞开自己，柔软地陷入，轻快地跃升，在一场接着一场自制的小型飞翔中找到久违的自由。

倘若没有的话，你可一定要试试，但你千万不要像我一样，缩手缩脚，瞻前顾后，千万不要做那些和我一样害怕又怯懦，慢慢才敢放开手脚来的大人。你要向那些孩子们学习，他们一上来就尽兴，就肆意，个个都蹦得不管不顾，大汗淋漓。

K，你知道吗，在蹦床馆里有几个巨高的滑梯，听工作人员说有十几米，大概有三四层楼这么高。在屁股上垫一个垫子，唰地一下滑落，好多孩子就这么一个接一个，咚咚砸地，像一颗颗可爱敦实的小土豆。

鬼使神差，我也爬到了扶梯上面，但当我真正坐了上去的时候，手却紧紧攥着扶手，死都不愿松开，太害怕了，真的害怕。更可怕的是，我根本不知道自己在面对着什么样的恐惧，明明知道下面是柔软的海绵垫，明明知道这个动作根本毫无危险性可言，明明知道只是眼睛一闭一瞬间的事情，明明知道……但我还是被不知何处来的恐惧揪住了衣领。

“姐姐，你怎么还不下去啊？”排在我后面的小女孩忍不住催促道。

“害怕。”我诚实回答，又忍不住转头看她，大概只有六七岁的样子吧，几撮刘海都被汗水洇湿了，无辜地贴在脑门上，像只脏兮兮的小猴子。

“不要怕，我今天已经玩了四次啦！”她满脸认真，循循善诱，好言相哄，“我来先给你示范，你跟着我就行。”

我犹疑地点头，还没反应过来呢，“咻”的一声，她已经在下面大笑着向我招手了。

K，是不是很丢脸呢？犹豫的成年人，虚弱的成年人，小心翼翼的成年人，不愿撒手的成年人，悲哀的成年人。

我明白，这是经验对我的保护，却也是经验对我的伤害。因为人一旦受制于自己的直觉，就会越活越卑琐。不敢站在高处松手，便体会不到在一瞬之间心跳突然骤停的失重感；不敢吃肝肠寸断的辣味，便体会不到嗓子一紧，眼泪就顺理成章落下的畅快感；不敢一头撞向喜欢的人，便体会不到要把自己燃烧殆尽的深刻爱恋。

很小的时候看过张爱玲的一本书，叫作《更衣记》，她写到：“一个小孩骑了自行车冲过来，卖弄本领，大叫一声，放松了扶手，摇摆着，轻倩地掠过。在这一刹那，满街的人都充满了不可理喻的景仰之心。人生最可爱的当儿便在那一撒手吧？”

这么多年过去，我终于真正体会到了什么叫“人生最可爱的当儿便在那一撒手吧”。四平八稳的人生不值得过，我要的是心跳空白，重拳出击。

K，你知道吗，我真的很感谢那个可爱的小妹妹，在她的感召下，我终于松开了自己双手。有什么好怕的啊？没什么好怕的，甚至，当我的身体触地的那瞬间，我觉得自己身体内部有一些东西被撞散了，绷住我身体的某些东西被撞断了，于是，有很多很多的快活，很多很多的欢呼，从我的身体里面流出来，于是我大笑，坐在一群勇敢的孩子中间，和他们一起大笑。

K，你知道吗，在人的一生中，找到可以长久仰赖的秩序固然好，但在那一刻，我终于明白了，自己真正想要的却是，在泥沙俱下的生活中，能够为了某样东西，为了某一个人，就这么一撒手，顺着洪流倾泻，不管不顾。

第四十六封信

让我们来
/// 互相安慰吧

亲爱的K：

最近我在写歌词。

先不要对这件事感到奇怪，说起来这件奇怪的事情还与你有关呢。我有一个朋友，暂且叫他V吧，有一天他兴冲冲地跑来告诉我说，自己写了首歌，在看了我给你写的这些信后。

哇，这是不是一件很值得“哇”一下的事情？想必此刻的你，也在信的那头和我遥相互“哇”了一下吧。

你总说我幸运，我不承认，但仔细想想的话，好像真的如此。有人给我画画，有人为我谱曲，我总是会遇到这种漫天撒糖粉般的好事。

但好在我也不是什么狂妄的人，既然受了别人的好意，便想着千万千万不要辜负了。就像一个突然得到馈赠的家庭主妇，感激之余，更多的是担心，生怕自己浪费了这好不容易得来的珍贵食材。

我也是这样。为了不辜负V的心意，我郑重接过他送我的曲子，把这段旋律小心捧在手心，夜里的时候，我睡不着，便从床上爬起来，迎着月光看它们在我的手里流淌，熠动着绚丽的光芒。

我张开嘴，希望那些字可以一个一个从我身体里蹦出来，希望它们可以跟着旋律尽情舞蹈，然后自由排列出精妙的句子。

但可惜，它们不听我的话。我张开嘴，只被倒灌了一口冷风。于是，我便沮丧地想："大概只有真正的诗人才能写出好的歌词吧，比如鲍勃·迪伦。"这么一想，我就变得更加沮丧了，因为我和鲍勃·迪伦的差距大概比地球到月亮的距离还要大吧。

就这么苦思冥想着沮丧了好几个夜晚，终于有一天，我发现掌心里的旋律突然就不再流动了，它们身上的光芒也在逐渐消失，随后便彻底熄灭在了夜色之中。

K，我真的好难过，你可以来安慰一下我的不开心吗？可以给我讲个笑话听听吗？我想你这么聪明，一定知道我说的不仅仅是“写歌词”这件事吧。

好了好了，我也不继续打比喻了。其实，真正让我感到难过的事情是，我发现了自己竟是一个这样的傻瓜，就像普天之下的其他傻瓜一样：总对人和人之间的情意附加太多的东西，太多预设，太多期待，太多要求。对自己，对别人都是如此。

明明是“受爱”的时刻啊，却非要把自己搞得像“蒙难”了一般。就这样，一点一点，亲手把原本很美好很轻盈的东西，变得沉重，变得复杂，变得让人难以承受。

明明最早的时候，自己只是想听个笑话的，但有了这一个笑话后，便又想再要一个拥抱，一次亲吻，一盏夜灯，一张车票，还有更多更多的东西……

我们都忘了，自己最初想要的就只是一个笑话而已，一个能把自己紧锁的眉头揉开，能让自己暂时忘了人生苦痛烦忧的笑话而已。

K啊，我想，这大概就是我们身为人类，最傻里傻气的毛病了吧。大多数时候，我们责难对方，为什么是这样？为什么不是那样？为什么做不到这些？为什么达不到那样？有些时候，我们也责难自己，够好了吗？够多了吗？会不会辜负她？会不会对不起他？

这样的责难多了，便会生出一些不太好的感情来。而这些“坏感情”为了抢占“爱”在我们心中的位置，常使出万千诡计来迷惑我们心智，让我们看不清真正重要的东西。

这就是为什么，世界上有这么多人“像恨一样地在爱着彼此”。

但我们可千万不要上当啊K，我们可千万要保护好我们的爱啊。我们的爱，尽管有时候，它这么耀眼，这么强大，可有时候，却又如此幼小，如此脆弱，如果你在它身上压了太多东西，它是会被压垮压塌的，因为它的本质是那么轻盈，那么简单。我们可千万要保护好它啊K。

K，在我有了这样的决心和觉悟之后，整个人突然就变轻松了不少，也不再觉得自己身上背负了什么莫须有的沉重情意。我给V打了个电话。“抱歉，好像没能写出合适的歌词来。但似乎，没有歌词也很不错呢，你的曲子原本就已经足够好听了！”

“哈哈哈。”V反倒毫不介意，在电话那头笑着说道，“不重要，不重要，本来写它也只是为了和你分享我的心情。没想到你能喜欢，真是太好了。”

是啊，只不过是分享心情而已，我为什么要把它想得这么沉重呢？为什么要把它搞得这么复杂呢？真正重要的从来都不是什么歌曲的旋律，也不是什么昂贵的食材，而是心意本身。从来都没有这么复杂，从来都不该这么复杂， 你说对吧K。

这次，我们都不要想这么多了，轻盈一点，松弛一点，也不要给爱附加太多沉重的东西了。下回见面的时候，真的给我讲个笑话吧K，就一个笑话就好。

第四十七封信

送你一个形容词

亲爱的K：

最近天气似乎是要回暖的样子，明晃晃的太阳光一照，人心顿时就松懈了，某些胆大包天的妹妹，已经迫不及待脱下肿肿的棉衣，一副想冲进阳光里游个泳的架势。

但可惜，等到她下楼才发现，这饱和度过高的阳光根本就是个骗局，表面暖洋洋，内心阴嗖嗖，还专骗女孩子脱衣服！totally一个虚伪的渣男吗！

她又气又恨，准备回家，还准备把脚步“噔噔噔”踩得惊天响，却在转身的时候，发觉门口的墙角竟然开出了一捧花，一捧不知名的小花，似乎也是和她一样的无辜受骗者。

阳光凑过来，在这朵小花耳边深情叫着，“我爱你我爱你”，她便兴冲冲地把花给开了。傻，真傻。这会只能光秃秃地站在寒风中，脸冻得红红的。这傻傻的花，性格倒是很可爱的样子。

想到这里，她便把她带回了家，栽在一个胖胖的花盆里面，每天浇水，还在花花的耳边讲着让人脸红的情话，一天三句，保持克制，以防滥情。就这样，她小心地伺候着她，等到春天来临真正来临的时候，她就可以带着这盆被甜言蜜语养大的花去见她的爱人啦。

好了，今天的故事讲完了。你这么聪明，肯定知道我在说什么的吧（此处有一个坏坏的笑脸）。

K，最近总是频繁想起以前你讲给我的那些故事。你爱戏耍我，爱看我上当时候那副不太聪明的样子，所以总是编出种种奇怪的故事。“她他它牠衪”，等到我彻底绕进去了，在里面兜了好几大圈，才发觉说的都是“我我我”。

那些故事全是你设下的“圈套”。你们男孩子是都喜欢设圈套的吧，有些喜欢把 “圈套”套在女孩子的手指上，但你就厉害了，你直接把“圈套”套在我的心上，一旦套上，别说手指头了，就连脚指头都为你戴满了看不见的甜蜜戒指。要命的是，还不能轻易能拿下来，我似乎有点懂得了戴上紧箍儿后孙悟空的感受。

说到这里，突然觉得，今天阳光大好，怕不是你念的什么咒语吧？我没有办法解除咒语，于是只好搬把小椅子，坐在阳光下模仿你讲故事。当然，故事里的主角就只有“我和你”，当然，整个故事其实只讲了一句话，那就是“我想你”。

K，总有人问我，为什么这么喜欢你呀？每当这个时候，我都会在心里暗自发笑，只怪他们没有见过你，所以才会问出这么愚蠢的问题来，我想大发慈悲地告诉他们答案，但满脑子都是那位女歌手的声音，“拿什么来形容你才最贴切？”

我想了很久很久，才想到一个勉强可以配得上你的词语——“可爱”。

当然，在想到这个词语的之前，也有很多别的词语主动找上门来，比如，“帅气”，“努力”，“精英”等等。

说起来，“帅气”的人我可见过太多了，帅哥这个物种嘛，看看是挺好，但一开口那就糟糕了。每次望着他们，我都会在心里很遗憾地想：“好好的一个帅哥怎么就偏偏长了张嘴，要是不会说话就好了。”

“努力”这个词就更不行了，听起来像中学生行为规范守则成精，不仅无聊，会给人一种脑子不太好使的感觉。

至于“精英”这个词，那简直就是在骂人。从小到大，我所见过的所有自诩为“精英”的男性，都浑身上下蹿着一股霉味，我甚至觉得，下一秒他们就要把自己的年收入纹在脸上。微软雅黑，加粗体。

不行，他们都不行，世界上所有的褒义词都不行，除了可爱，只有可爱才能稍稍形容出你的百分之零点五一。

好了，我不能再继续说下去了，再说恐怕你会觉得我吃错了药，但不管你怎么想， 我还是要拍着自己的百分百纯棉脑袋保证这些都是真心话。为了证明我并没有在胡说八道，更没有在阿谀奉承，我准备说出五件你最可爱的事情作为铁证：

1.你的耳朵会动，还能跟着音乐的节奏跳恰恰，这样的你恐怕是这个地球上最后一个长着“翅膀”的人类。

2.你酒量很差，喝醉的时候，会把衣服全部脱光整整齐齐叠在冰箱里，第二天醒来找不到衣服又很恐慌，以为昨晚裸奔着回家了。直到打扫卫生的阿姨在冰箱里找到了，还以为这是什么新型的消毒方式哈哈哈哈。

3. 在深夜无人的地铁站，你总会突然就拉起我狂奔起来，不厌其烦玩着“有人追杀我们”的游戏，等到跑得气喘吁吁地时候才转头问我，“像不像在电影里？”

4.你热爱健身，每次飞机起飞后，就会突然趴在过道做起俯卧撑，旁若无人，精彩绝伦，我想国家真的欠你一个“高空健美先生”奖。

5. 每次见面，你都会大笑着跑向我，Doki,Doki,像一匹小马驹一样撞进我的心里。

……

天知道，我竟然瞬间就说出了5条，至于早已在心里打好草稿的剩下9995条，就等着以后再告诉你吧。

亲爱的K，谢谢你如此可爱，谢谢如此可爱的你告诉我关于爱的奥义：原来，真正的爱是在一个人面前表现出最像孩子的那面。原来，真正的爱是只有对方才能看到那一面。

如果你还不知道我为什么夸你“可爱”，那就请你把它拆开来读读看，亲爱的。

第四十八封信

会过去的

亲爱的K:

夜深人静，给你写信。此时此刻，桌上的音响正在放玉置浩二的《friend》，“さよならだけ、言えないまま。仅有的一句‘再见’，就这样无法诉说。君の影の中に、今涙（なみだ）が落ちてゆく。如今只能在落下的眼泪中寻觅你的身影。”歌词很简单，唱腔更是素白平直，像轻声说话，又像往事压身，口不能言。

K，你说你很少哭泣，可能已经有七八年都没有掉过一滴眼泪了。但我却经常落泪。年纪还小的时候，迷糊任性，贪玩张扬，遇到恐怖、糟糕、危险的事物，便常以哇哇哭声来抵御。

长大后，很少再为负面的事物流泪，却常常因为看到美，看到美之破碎而掉泪。是变得更坚强了吗？其实是更柔软了吧，懂得了世事之艰难，也懂得了美好之难得，便想把珍贵的眼泪更多地匀给同样珍贵的人和事。

去年年初，和一位相识多年的朋友突然断交，这件事我从未和别人提及，但当我听到玉置浩二这首歌的时候，突然又想到了她。还记得，刚断交时，我还赌气般地想，不联络就不联络了吧，我的生活又不是少了你就无法运转。但后来，这件事却还是以各种各样的方式回来了。

我在异国他乡的书店遇到“她”，她以一本画册的形态出现，我走过去，拿起她，翻阅她。这是她会喜欢的东西，我笃定。我甚至可以想象出她手拿这本画册时脸上所浮现的表情。我成了一位先知，有电影般的画面在我眼前徐徐展开，尽管我的前方空空如也，什么都没有。

我在热带的河岸边遇到“她”，她成了一股拥有加速度的风。她温热，湿润，带着我无法抵抗的动能，跳跃着把我往前推。是啊，我们曾一起跑步，有过相同频率的心跳，就好像共享着一个心脏。一想到这里，我的眼睛里顿时溅起伤感的密瀑。

我突然明白，如果你曾深入地了解过一个人，那么，这就是你必须要付出的代价。这种感觉就好像是，有一部分的她居住在了我的身体里，这部分的她会时不时出现一下，提醒我她的存在。那么同样，一部分的我也已经居住在了她的身体里，只是我永远不会知道，那部分的自己到底是什么样的。

我们所失去的部分，就是曾经彼此了解的代价。

K，这种感觉听上去真的很像失恋，但仔细一想，所谓“友情”，“爱情”不过是世人自己给自己设定的框子，把一个活生生的人，把一段具体而微的关系，放进一个如此简单的框子里，到底是一种偷懒的做法。

我们和每个人的感情，其实都有着无比复杂的成分，各种各样的东西碰撞，混合在一起，才形成了专属于某个人的特殊感情。这件事，说不清，也道不明。

K啊，很多时候我都会觉得，爱和了解都是太过珍贵的东西。首先，它只会发生在两个同样善良真诚的人身上，他们要相遇，要有交互，还需要双方持之以恒地付出很多很多的耐心，很多很多的温柔。

爱是如此难得的一种殊遇，但同时它却又是那么脆弱，那么短暂，那么无常，那么转瞬即逝，那么难以把握。

有很长一段时间，我都无比执着，执着于那些无法修复的关系，无法再见的人，无法回头的过去。我曾以为，这样的“执着”是一种“深情”。

后来才逐渐明白，真正的深情是：要有情有义，也要随时离去。就像马洛伊在《烛烬》中所写，“人们总有一天要失去他们自己的所爱。不能忍受这点的人不是完整的人。”

你还记得《伦敦生活》第二季的结尾吗，菲比坐在公交车站的长凳上对神父表白：

“I love you(我爱你)。”
“It will pass(会过去的)。”

It will pass。当我听到这句话的时候，忍不住落下了眼泪。但并不是因为它太过残忍，恰恰相反，这句话太温柔了，实在是太温柔了。

爱会过去的，不爱也会过去的。但你还是可以带着这个人的一部分继续生活下去。

“会过去的。”总有一天，我们都会明白，这才是隐藏在爱里的最大的温柔。

第四十九封信

把故事的结尾
写在开端

亲爱的K:

我一直在想，写给你的最后一封信会是什么样的呢？我想不到，所以始终都没有提笔。就像很久以前，我也常想，和你见的最后一面会是什么样的呢？我不敢多想，因为就连这虚构的假设也能溅起感伤无数。

但事实呢，事实是当这一刻真正来临的时候，我甚至都没有辨认出它的能力。直到过了很久很久，我才恍然意识到，哦，那竟是我们的最后一面。

坚硬的冬天，未抵的火车，空空的路脊。无知的笑声，清楚的寒风，暗色的毛衣。“把伞带上”。谁都没有想到，匆匆一别竟是最后一面。

以后的以后，余生漫漫，长命百岁，但再不相见。

这样写下来，好像又有点伤心呢。可悲伤并不是我的本意，真是对不起，现在开始我要努力轻松一点，小心翼翼地绕开每个可能让你，让我，让我们感到伤心的瞬间。

说起来，给你写信的过程就像是“洗照片”。原谅我未经同意就偷偷摄录你的生活：你在人行道对面插着口袋等我，看上去虽然冷，却又有点热切的样子；你在厨房倚着台板打电话，咖啡壶轻轻呜咽，你的声音闻起来有股哥伦比亚曼特宁豆子的味道；你在机场送别我后离开，背影雪白高大，像一种我从未见过的雄性动物……

你喝酒，眼里的雾气暴露了心事，还好脸上及时升起可以用于遮羞的酡红色晚霞；你睡熟，长长长长的睫毛，天真的样子好像是在大海的波浪上漂着；你唱歌，着实不太好听，偏又感情真挚，谁都不会想到全世界最可爱的人竟长这副模样 ……

你从不知道，我曾这样偷偷看过你。你还不知道，还有另外一些时候，我因为生气、撒娇、害羞，而偏过去头故意不看你，但全身上下，除了眼睛，也都在看你。

你更不知道，在我的心里，其实有一间暗房，我把这些影像都留存好了，自我们分别之后，我就一个人搬进了那间暗房，然后慢慢，慢慢地，把它们一张张都洗出来。

K啊，在给你写的第二封信的时候，我还戚戚怨怨地说自己不懂如何接受“分离”，不懂如何学会“舍得”。

可现在，我却觉得，绵延一生的相守其实并无必要。因为在漫长的宇宙长河里，在无线的时间坐标中，人的一生和眼前的一瞬，都是可以忽略不计的短暂。

既然一瞬间约等于一生，那么你爱过我一瞬间，就可以约等于爱过我一生。于此，我还有什么好不满足？

而时刻联结的命运，其实也并无必要。是的，我比谁都要清楚，我们，在余生的命运里已经失去了交互的可能。这件事令人悲伤，但在这悲伤之外，却又弥漫出了某种更广阔的东西，一种沉默，遥远，尚未终结也永远不会终结的东西。

原谅我暂时还无法看清这种东西是什么，但我永远记得，当我们牵手的时候，我们的生命线也曾交缠在一起那么久。于此，我又有什么好不满足？

这样的转变，或许是那一封封信件帮我归置好了内心，也或许是“爱你”这件事所带给我的成长。

说来惭愧，我并不深情，甚至有点自私，所以选择用另外一种方式把你留在身边，把你变成一种习惯，一种禀赋，一种伴随的状态。你无需参与，便也无从拒绝。

自私的人才幸运，所以我是如此幸运，尽管无法和你一起生活，却还能这样一直爱着你。

或许未来某一天，我还会听到你曾为我唱过的歌，熟悉的旋律让我瞬间坠入空白，身边的人问我怎么了，我才回过神来笑着说，“没什么，就是觉得有点难听。”

或许未来某一天，我还是会不小心拆开你最喜欢的泡面，当然，我不确定是不是真的有这么一天，因为做这件事着实需要极大的勇气。于是，我只好为自己鼓鼓劲，然后把重重的你从心里掏出来，压在泡面碗上。当我吃下碗面，我就又变得更勇敢了一点。

或许未来某一天，我还是会乘火车去到你居住的城市，夜行的车厢上，一转头，我就在玻璃上突然瞥见你的脸，是你吗？不是，那分明是我自己的脸。可我们长得像吗？一点都不。但我也不知道，为什么会这样。

或许未来某一天，我又写了一个小说，当我读完那个小说，突然想起曾答应过也要为你写一个故事。我好像一直没有做这件事，但我好像又正在做这件事。你会看到吗？一想到你可能会看到，我便立马放弃了写下去的决心。

或许未来某一天，有人看到了我给你写的信，发来私信问我K是谁，我气呼呼地“已读不回”。或许他们并不知道那些信，写完后我就没有再看一眼，或许他们也并不知道，你的名字我已经忘记很久了。我决定不原谅这样没有礼貌的读者，尽管他们并不知情，但我还是理直气壮地认为，他们必须对我心里突然生出的这种酸酸的感觉负责。

或许未来某一天，我会看到一本书，书上的人问师傅，“他是魔鬼替我设计的陷阱吗？”师傅说：“不，他是你的老师，难得的老师。你要好好在他身上学懂爱，然后像思念他一样地思念其他人，像爱他一样地爱其他人。”

然后，我好像突然就明白了一切。

K，谢谢你，这么好的一位老师。谢谢你教会我，世界上的所有事情都会结束，但爱不会。尽管对你，我还是说不出“再见”。但是，据说2020年的春天好像快要来了。

» » Robert de boron 有张专辑叫 moonquakes ，月震。据说遥远的月亮每年都会发生 1000 多次月震，月亮轻颤，地球上的人却浑然不知。这也太浪漫了吧，就像当你站在我的面前，我的心也在 crush 呢，只是那些 heartquakes 你永远不会知道。

那天晚上，
我们靠在一起，
抽了一根烟，
你把烟头，
向远方扔去的时候，
我在心底悄悄许了一个愿，
对着这颗，
你制造出来的流星。

世上一定有两个月亮，
一个挂在天上，
另一个藏在你，
后脑勺的旋涡里，
否则为何每次，
目送你离开，
我都会感到一种乡愁。

»»

当自己很爱一个人的时候，
会觉得自己是躺在水里，
然后隔着那片水，
静静看着水面上的他。

»» 爱你的人，会在水面上一直看着你。

我的目光，会永远像彻夜明亮的月亮那样，

投射到你身上。

»»

尽管不能在一起，但牵手的时候，
我们的生命线也曾交缠在一起过。

图书在版编目（CIP）数据

未竟的告白 / 花大钱著. -- 成都 : 四川文艺出版社, 2020.8

ISBN 978-7-5411-5755-4

Ⅰ.①未… Ⅱ.①花… Ⅲ.①散文集—中国—当代 Ⅳ.①I267

中国版本图书馆CIP数据核字(2020)第120331号

WEIJING DE GAOBAI

未竟的告白

花大钱 著

出品人　张庆宁
出版统筹　赵丽娟　杨　琴
选题策划　木本水源　众和晨晖
责任编辑　彭　炜
责任校对　汪　平
特约编辑　陈乐意
封面设计　尚燕平
版式设计　唐　昊

出版发行　四川文艺出版社（成都市槐树街 2 号）
网　　址　www.scwys.com
电　　话　028-86259287（发行部）　028-86259303（编辑部）
传　　真　028-86259306

邮购地址　成都市槐树街 2 号四川文艺出版社邮购部　610031
印　　刷　大厂回族自治县德诚印务有限公司
成品尺寸　145mm × 210mm　开　本　32 开
印　　张　8.25　字　数　165千
版　　次　2020年 8 月第一版　印　次　2020 年 8 月第一次印刷
书　　号　ISBN 978-7-5411-5755-4
定　　价　45.00 元